W0469686

DIESES BUCH GEHÖRT:

# Die drei ???

# Die drei ???

# Im Bann des Barrakudas

erzählt von Hendrik Buchna

KOSMOS

Umschlagillustration von Silvia Christoph, Berlin
Umschlaggestaltung von der Peter Schmidt Group, Hamburg,
auf der Grundlage der Gestaltung von Aiga Rasch (9. Juli 1941–24. Dezember 2009)

Unser gesamtes lieferbares Programm und viele weitere Informationen zu unseren Büchern, Spielen, Experimentierkästen, Aktivitäten, Autorinnen und Autoren findest du unter **kosmos.de**

MIX
Papier | Fördert gute Waldnutzung
FSC® C083411

Gedruckt auf Cradle to Cradle Certified™ Munken Papier

© 2024, Franckh-Kosmos Verlags-GmbH & Co. KG,
Pfizerstraße 5–7, 70184 Stuttgart
Alle Rechte vorbehalten
Wir behalten uns auch die Nutzung von uns veröffentlichter Werke für Text und Data Mining im Sinne von § 44b UrhG ausdrücklich vor.

Mit freundlicher Genehmigung der Universität Michigan
Based on characters by Robert Arthur.

ISBN 978-3-440-18018-1
Redaktion: Anne Pagel
Lektorat: Nina Schiefelbein
Produktion und Satz: DOPPELPUNKT, Stuttgart
Druck und Bindung: CPI books GmbH, Leck
Printed in Germany / Imprimé en Allemagne

# Die drei ???

## Im Bann des Barrakudas


| | |
|---|---|
| Besuch aus der Vergangenheit | 7 |
| Der Geister-Magier | 14 |
| Auf den Spuren des Gestaltwandlers | 20 |
| Besuch in Hollywood | 27 |
| Ein neues Puzzleteil | 33 |
| Höhenflieger | 39 |
| Riesenfisch und Hotdogs | 46 |
| Ruhe vor dem Sturm | 54 |
| Knall-Attacke | 62 |
| Turm-Erscheinung | 69 |
| Polizei! | 76 |
| Konfrontation | 83 |
| Die Kappe des Krawallnachbarn | 89 |
| Überraschung dank Tante Mathilda | 97 |
| Gefährlicher Verräter | 105 |
| Von rot zu blond | 114 |
| Einbruch bei der Goldjägerin | 121 |
| Brand auf dem Schrottplatz | 128 |
| Ein Uhr dreizehn | 135 |
| Alles anders | 142 |
| In der Höhle des Barrakudas | 150 |

# Besuch aus der Vergangenheit

Zufrieden klappte Bob Andrews die Mappe zu, auf deren letzter Seite er gerade »Fall abgeschlossen« notiert hatte. Es war ein sommerlich-heißer Freitagnachmittag und Bob saß mit seinen Freunden Justus Jonas und Peter Shaw in der Zentrale, ihrem geheimen Detektivbüro. Es befand sich auf dem Gelände des Gebrauchtwarencenters T. Jonas in einem ausrangierten Wohnwagen, verborgen unter einem großen Haufen Gerümpel.

»Wieder einmal erfolgreiche Arbeit geleistet, Kollegen«, stellte Justus erfreut fest. »Hervorragend recherchiert, ermittelt und kombiniert.« Er hielt seufzend inne. »Dann fürchte ich, es ist jetzt Zeit für körperliche Betätigung.«

Peter stöhnte leise. »An die Lieferung von Onkel Titus hatte ich gar nicht mehr gedacht. Das wird wieder ein Spaß …«

Titus Jonas war Justus' Onkel. Zusammen mit seiner Frau Mathilda betrieb er den Schrotthandel. Justus lebte bei den beiden, sie hatten ihn wie einen Sohn bei sich aufgenommen, als seine Eltern vor vielen Jahren bei einem Unfall gestorben waren.

»Vergiss nicht die Belohnung, die mein Onkel uns versprochen hat«, erinnerte der Erste Detektiv seinen Freund. »Drei Karten für den Zirkus ›Varelly‹. Das wird –«

In diesem Moment wurde Justus von der energischen Stimme seiner Tante Mathilda unterbrochen. Diesmal rief sie jedoch ausnahmsweise nicht ihren Neffen.

»Booob! Ein Mädchen will dich sprechen. Sie sagt, ihr kennt euch von früher.«

Der dritte Detektiv schaute seine Freunde irritiert an. Die grinsten nur breit.

Justus machte eine auffordernde Handbewegung. »Damen soll man nicht warten lassen.«

Grummelnd verließ Bob die Zentrale. Er hatte keine Ahnung, wer die Besucherin sein konnte. Umso größer war seine Überraschung. Lässig ans Tor gelehnt stand ein hochgewachsenes Mädchen mit verfilzten hellblonden Zöpfen, einem verwaschenen olivgrünen Trägerkleid und türkisfarbenen Flip-Flops. Es war Alyssa, ein kesses und irgendwie auch geheimnisvolles Mädchen, das der dritte Detektiv von einer Begegnung in Burbank kannte, einer Stadt nördlich von Los Angeles. Bei Ermittlungen zu einem mysteriösen blauen Biest war er damals von ihr in ein bizarres, möglicherweise auch gefährliches Spiel mit einem knurrenden Umzugskarton verwickelt worden. Sofort stiegen in Bob die unterschiedlichsten Empfindungen auf. Einerseits hatte er Alyssa durchaus nicht unsympathisch gefunden, ganz im Gegenteil. Andererseits war ihr Verhalten – gelinde gesagt – doch höchst seltsam gewesen.

Entspannt ließ sie nun eine große rote Kaugummiblase platzen. »Na, Bobo, kennst du mich noch?«

Der dritte Detektiv legte den Kopf schief. »Wie könnte ich jemanden wie dich wohl vergessen?«

Das Mädchen lächelte breit. »Das fasse ich einfach mal als Kompliment auf.« Sie hielt inne und atmete tief durch. »Aber jetzt sollte ich wohl erzählen, warum ich hier bin.«

»Gute Idee.« Bob strich sich über die verschwitzte Stirn und sah sich unsicher um.

Tante Mathilda kam ihm zu Hilfe. Sie deutete zur überdachten Veranda des Wohnhauses der Familie Jonas. »Im Schatten plaudert es sich angenehmer. Setzt euch, ich bringe euch was Kühles zu trinken.«

Eine Minute später hatten es sich die beiden auf Campingstühlen bequem gemacht und genossen Tante Mathildas selbst gemachte Grapefruit-Limonade mit Eiswürfeln.

Nach einem großen Schluck schloss das Mädchen die Augen. »Wow … einfach himmlisch. Zu Hause gibt's immer nur diesen überzuckerten Mist aus Dosen. Wenn überhaupt.«

Bob ahnte, dass Alyssa in schwierigen Familienverhältnissen lebte, entschied sich jedoch dafür, jetzt nicht darauf einzugehen. Er wollte seine Besucherin nicht davon ablenken, ihr Anliegen zu erklären.

»Du kennst ja meine Wohngegend in Burbank.« Das Mädchen verzog die Mundwinkel. »Nicht gerade schick da und absolut nichts los. Aber das könnte sich demnächst ändern.«

»Inwiefern?«

»Ganz in der Nähe soll ein großes Einkaufs- und Begegnungszentrum gebaut werden. Die Anwohner wurden sogar gefragt, was sie sich dort wünschen! Es soll ein Kino geben, einen Sportplatz und auch ein Erlebnis-Schwimmbad. Daneben einen öffentlichen Park. Das wäre so toll für unser Viertel. Eine echte Chance für uns alle.« Plötzlich verfinsterte sich Alyssas Miene. »Wenn nur diese Idioten nicht wären!«

Bob horchte auf. »Idioten?«

»Eine Gruppe völlig verrückter Fans von Aden Tangury. Das ist ein Magier, dem das Grundstück gehört hat, auf dem das Zentrum gebaut werden soll.«

Mit einer solchen Antwort hatte Bob nicht gerechnet.

»Diese Krawalltypen protestieren gegen das Projekt, damit das Haus ihres Idols nicht wie geplant abgerissen wird.« Sie verdrehte die Augen. »Diesen Zauberer kannte außerhalb von Burbank kein Mensch. Aber ein paar Bescheuerte finden ihn immer noch so großartig, dass sie deswegen den Bau des Zentrums verhindern wollen.«

»Klingt in der Tat eigenartig«, stimmte Bob nachdenklich zu. »Und hier hättest du jetzt gern unsere Hilfe? Aber Proteste an sich sind ja nicht verboten, solange keine ungesetzlichen Mittel angewendet werden. Und gegen Gewaltanwendungen könnten wir Detektive kaum etwas ausrichten. Dafür sind Polizei oder Sicherheitskräfte zuständig.«

»Weiß ich doch«, entgegnete Alyssa schnippisch. »Für Kampfeinsätze gegen Randalierer würde ich mich wohl kaum an die drei ??? wenden. Das wäre ja albern.«

Allmählich wurde Bob ungeduldig. »Wärst du dann so gütig, mir zu verraten, *warum* du hier bist?«

»Klaro.« Das Mädchen straffte sich und stellte ihr Limonadenglas auf dem Tisch ab. »Seit zwei Nächten gibt es rätselhafte Vorkommnisse rund um die Baustelle, an denen Aden Tangury selbst beteiligt zu sein scheint, um die Wut seiner Fans weiter anzustacheln. Aber das ist vollkommen unmöglich.«

Bob stutzte. »Und warum ist das unmöglich?«

Alyssas Blick war nun vollkommen ernst. »Weil dieser Magier seit über hundert Jahren tot ist!«

»Oh.« Bob blinzelte verdutzt.

»Viel weiß ich nicht über ihn, außer dass er in Burbank Ende des 19. Jahrhunderts eine richtig große Nummer war.« Sie murrte leise. »Und dass er auch heute noch viele Anhänger hat, die völlig in ihn vernarrt sind.«

Der dritte Detektiv verengte die Augen. »Und … was genau hat sich bei der Baustelle abgespielt?«

»Es war so: Die Tangury-Anhänger halten dort seit einer Weile sogenannte Mahnwachen. Mittwochnacht soll dann der Magier leibhaftig dort aufgetaucht sein. Es gab einen riesigen Wirbel, deshalb wollte ich gestern Nacht selber nachsehen, was da vor sich geht. Tja, und prompt kurz vor halb zwölf ist es passiert.« Sie kramte ihr Handy hervor, rief eine Videodatei auf und reichte Bob das Telefon. Der Film zeigte zunächst eine ›klassische‹ Demonstrationssituation. Im Hintergrund war ein etwa zweieinhalb Meter hoher Bretterzaun zu sehen, offensichtlich die Umgrenzung des Baugeländes. In regelmäßigen

Abständen prangte darauf das rot-gelbe Logo der Baufirma ›Satterfield‹. Vor dem Zaun standen im matten Licht der Straßenlaternen mehrere dutzend aufgebrachte Personen. Manche von ihnen trugen Plakate, auf denen Bob sowohl ein Gesicht mit markant gezwirbeltem Schnurrbart als auch monsterartige Fratzen mit weit aufgerissenen Mäulern zu erkennen glaubte. Ein älterer Mann mit blau-weißer Schirmmütze und einem selbst gemalten ›ZENTRUM – NEIN!‹-Schild tat sich dabei durch besonderen Eifer hervor, brüllte lauter und wütender als alle anderen. Eine Frau mit langen roten Haaren stand direkt an seiner Seite und schien ihn anzufeuern. Den Bau-Gegnern gegenüber standen einige Pro-Zentrum-Demonstranten und mehrere Sicherheitsleute in Uniformen der Baufirma und mit erhobenen Schlagstöcken. Urplötzlich wandten sich dann alle Leute gleichzeitig um und richteten die Blicke nach oben, teils verwirrt, teils jubelnd.

Alyssas Gesichtszüge verhärteten sich. »So, jetzt kommt's …«

Eine Sekunde später erkannte Bob auf dem verwackelten Bildausschnitt den erstaunlichen Grund für das Verhalten der Menschen. Hoch auf dem Bauzaun lief mit geradezu unfassbarer Geschwindigkeit ein hagerer Mann. Er trug einen dunklen Hut und einen altmodischen, Frack-ähnlichen Anzug, der rhythmisch flackernd in gleißendem Licht erstrahlte! Nach gut zwanzig Metern hielt die bizarre Gestalt unvermittelt inne und drehte ihren Kopf ruckhaft den Demonstranten zu: stechende Augen, markant gezwirbelter Schnurrbart, spitzes Kinn. Unter frenetischen »TANGURY! TANGURY!«-Rufen seiner Anhänger streckte der Mann nun seine Arme in die Höhe. Dem dritten Detektiv lief ein kalter Schauer über den Rücken. Die Haut des Magiers glänzte silbrig-blau, seine Hände waren völlig deformiert und schienen keine Finger zu haben. Sein Mund verzog sich zu einem unnatürlich langgezogenen Grinsen, bevor der Mann gellend zu lachen begann. Extrem große und spitze Zähne wurden sichtbar. Einen Wimpernschlag später flackerte der Anzug nochmals extrem grell auf, dann erlosch das Licht abrupt, und unter grässlichem Gelächter verschwand die Erscheinung.

Eine Frau kreischte ekstatisch: »BARRAAA–«. Dann endete das verstörende Video.

# Der Geister-Magier

»Hui …« Für einen kurzen Moment war Bob schlicht sprachlos. Er versuchte, seine Gedanken zu sortieren. »Wie … ging es denn weiter?«

Alyssa zuckte die Achseln. »Der Typ auf dem Zaun war verschwunden. Danach sind die Tangury-Fans völlig ausgeflippt. Zum Glück ist irgendwann die Polizei eingetroffen und die Demonstration wurde aufgelöst. Aber diese Typen kommen wieder, spätestens heute Nacht, um das nächste Erscheinen des Zauberers zu erwarten.« Sie rang die Hände. »Bei den bisherigen Tumulten ist schon so einiges zu Bruch gegangen, und wer weiß, wie stark das alles noch eskaliert. Vielleicht wird dann irgendwann das ganze Bauvorhaben gestoppt.«

Grübelnd schaute sich Bob das kurze Video erneut an.

»Und?« Gespannt sah Alyssa ihn an. »So ein unheimlicher Geister-Magier müsste doch genau das Richtige für findige Detektive wie euch sein, oder?«

»Wir hatten im Laufe der Zeit tatsächlich schon mehrfach

mit vermeintlich übernatürlichen Phänomenen zu tun. Die konnten wir alle erfolgreich entlarven. Meiner Meinung nach gehört das, was da bei euch an der Baustelle passiert, also definitiv in unser Arbeitsgebiet.«

»Na bitte, perfekt! Was würde das kosten?«

»Gar nichts«, gab der dritte Detektiv zurück. »Wir nehmen für unsere Dienste grundsätzlich kein Geld.«

»Sehr kundenfreundlich, klasse! Dann schlage ich vor, du informierst jetzt deine Freunde und wir legen dem werten Mister Tangury gemeinsam das Handwerk!«

»Klingt gut«, entgegnete Bob.

»Okay, ich muss dann wieder los. Will noch einkaufen und eine Freundin besuchen. Wie sieht es aus? Könntet ihr heute Abend so gegen zehn zu mir nach Burbank kommen? Vorher wird wohl nichts passieren, zumindest erschien dieser bekloppte Spuk-Zauberer vorgestern um kurz vor eins und gestern gegen halb zwölf.«

Der dritte Detektiv nickte. »Wir haben hier auf dem Gelände zwar noch einiges zu tun, aber das müsste bis dahin eigentlich zu schaffen sein.«

»Prima!« Lächelnd stand Alyssa auf und strich ihr Kleid glatt. »Falls doch schon früher was passiert, rufe ich an. Ich kriege doch bestimmt eine eurer Visitenkarten?«

»Sicher.« Bob holte eine seiner Karten hervor, notierte auf der Rückseite seine Handynummer und reichte sie dem Mädchen. »Schick mir bitte auch das Video, damit ich es Justus und Peter zeigen kann.«

Alyssa erledigte das direkt. Dann drehte sie die Karte nach vorn und las mit anerkennender Miene, was darauf stand.

»Wirklich schönes Design und diese Fragezeichen stechen echt ins Auge.« Sie steckte die Karte ein. »Na, dann ist ja alles –« Zögernd hielt sie inne, weil sie bei Bob ein Stirnrunzeln wahrnahm. »Stimmt was nicht?«

Der dritte Detektiv zögerte noch kurz, bevor er sich zu einer Antwort durchrang. »Verrätst du mir denn jetzt, was damals in diesem verflixten Umzugskarton war?«

In aller Seelenruhe ließ Alyssa zunächst eine weitere große rote Kaugummiblase platzen. »Sagen wir mal so: Wenn ihr diesen Fall löst, verrate ich es dir, Bobo.«

Zurück in der Zentrale berichtete der dritte Detektiv seinen staunenden Freunden von der unerwarteten Besucherin und ihrem außergewöhnlichen Anliegen.

Nachdem beide das Video mit dem unheimlichen Zaun-Zauberer angeschaut hatten, gab Peter ein lang gezogenes Seufzen von sich. »Mannomann … kann es bei einem Auftrag für die drei ??? nicht zur Abwechslung auch mal wieder um ein harmloses entlaufenes Kätzchen oder eine verlorene Armbanduhr gehen? *Nein*, es muss natürlich ein untoter Magier mit Monsterfratze und gewalttätiger Fan-Horde sein!«

Während Bob bereits am Computer mit den Recherchen begann, lehnte sich Justus in seinem Drehstuhl zurück. »Da muss ich dir gleich in zweifacher Hinsicht widersprechen, Kollege. Zum einen sind Katzen und Uhren zwar zweifelsohne harmlos, aus detektivischer Perspektive aber keine Herausforderung für Experten wie uns. Zum anderen ist auf dem Video mit absoluter Sicherheit *kein* untoter Zauberer zu sehen, sondern ein lebendiger Mensch, der sich für den Magier Aden Tangury ausgibt, um dessen Anhänger gegen das Bauvorhaben in Burbank aufzuhetzen.«

Gedankenversunken massierte Peter seine Nasenwurzel. »Zauberer hin oder her – ein normaler Mensch kann doch nicht einfach so auf einem Bauzaun herumlaufen, noch dazu in rasender Geschwindigkeit bei Nacht und schummrigem Laternenlicht. Ich bin ja nun wirklich nicht unsportlich, aber nach spätestens zwei Sekunden wäre ich mit Karacho da runtergesegelt.«

»Eine erstaunliche Leistung, in der Tat. Selbst für Spezialisten wie Parkourläufer dürfte das unmöglich sein.« Nachdenklich zupfte Justus an einem Radiergummi herum. »Dennoch hat der extravagante Frackträger dieses Kunststück fertiggebracht. Welche Mittel ihn dazu befähigten, wird von uns zu klären sein.«

Peter kratzte sich am Kinn. »Und habt ihr diesen ›Barraaa‹-Schrei am Ende des Videos gehört? Das passt doch gar nicht zum Namen Aden Tangury.«

Justus nickte. »Da stimme ich dir zu. Möglicherweise galt dieser Ausruf aber gar nicht dem Pseudo-Magier, sondern vielleicht irgend–«

»Doch, er galt ihm«, mischte sich Bob plötzlich ein, ohne den Blick vom Computermonitor abzuwenden.

Peter sah verblüfft zu seinem Freund. »Und wieso denkst du das? Was hat der Ausruf denn zu bedeuten?«

Bobs Antwort bestand nur aus einem Wort. »Barrakuda.«

»Barrakuda?«, horchte Justus auf. »Sprechen wir hier über die mächtigen, in tropischen und subtropischen Gewässern beheimateten Raubfische der Gattung *Carangiformes*?«

»So ist es, Herr Zoologie-Professor.« Nach all den Jahren konnte das enzyklopädische Wissen von Justus den dritten Detektiv nicht mehr erstaunen. »Tangurys Künstlername war ›Baron Barrakuda‹. Auf dem einzigen Foto, das ich bislang von ihm finden konnte, trägt er übrigens exakt dasselbe Outfit wie der Kerl auf dem Bauzaun.« Er drehte den Computermonitor ein wenig nach rechts, sodass seine Freunde einen Blick auf den elegant gekleideten, etwa fünfzig Jahre alten Mann mit stechendem Blick und markant gezwirbeltem Schnurrbart werfen konnten.

»Baron Barrakuda?« Peter schnaufte belustigt. »Was ist denn

das für ein verrückter Name? Hat der Typ auf der Bühne Fische verzaubert?«

»Nicht direkt«, erwiderte Bob. »Dieser Titel bezog sich auf Tangurys spektakulärsten Trick, bei dem er sich vor den Augen seines Publikums nach einem hellen Blitz in einen drei Meter großen, aufrecht stehenden Barrakuda verwandelte. Fotos davon existieren nicht, zumindest konnte ich im Internet bis jetzt keine finden. Aber so ähnlich …«, er rief mit wenigen Tastenklicks eine Tierlexikonseite auf, »… wird er nach der Umwandlung wohl ausgesehen haben.«

»Oha«, entfuhr es Peter beim Anblick des pfeilförmigen, silbrig-blauen Fischkopfs mit starren Augen, übergroßem Unterkiefer und aufgerissenem Maul voll spitzer, furchterregend großer Fangzähne. »Nicht gerade sympathisch.«

Justus schmunzelte. »Kategorien wie Sympathie sind für einen solchen Jäger der Meere nicht von hoher Wichtigkeit.«

»Und auch nicht für unseren Magier«, erwiderte Bob. »Der Barrakuda war gewissermaßen sein zweites Ich. Laut Tangurys Aussage sind die wichtigsten Eigenschaften eines Menschen Unbeirrbarkeit, Unerbittlichkeit und Unbezwingbarkeit.«

»Was für ein sonniges Gemüt«, murmelte Peter. »Mit so einer Einstellung –« Er stockte. Gerade waren ihm die unförmigen Hände und der schreckliche Mund des Mannes auf dem Zaun eingefallen. »Moment mal … dann ist auf Alyssas Video also zu sehen, wie dieser Kerl gerade beginnt, sich in einen Barrakuda zu verwandeln!«

# Auf den Spuren des Gestaltwandlers

Justus gab einen ungehaltenen Laut von sich. »Darf ich dich an meine Feststellung von vor …«, er blickte demonstrativ auf seine Armbanduhr, »… drei Minuten erinnern? Es *gibt* keine toten Zauberer, die aus dem Jenseits zurückkehren, und auch keine Menschen, die sich in Fische verwandeln.«

»Jaja, sondern nur jemanden, der so tut, als ob.« Peter winkte ab. »Aber warum diese ganze Show?«

»Show trifft es«, meldete sich Bob wieder zu Wort. »Dieser Tangury war offenbar ein Meister der Selbstinszenierung, der es perfekt verstand, sich zu verkaufen. Wobei ›verkaufen‹ wörtlich genommen werden kann. Er verlangte für seine Darbietungen sagenhaft hohe Eintrittspreise, die sich ausschließlich die Elite von Burbank leisten konnte.«

Justus stutzte. »Nur Burbank?«

Bob nickte. »Ja, Tangury hielt sich von Anfang bis Ende

seiner Karriere an eine kleine, aber sehr zahlungskräftige Fangemeinschaft aus seinem direkten Umfeld. Offenbar waren seine Einnahmen so enorm hoch, dass er Tourneen durch Amerika oder die ganze Welt nicht nötig hatte.«

»Quasi das Gegenstück zu dem später auftretenden Zauberer Harry Houdini, der vor allem für seine spektakulären Entfesselungskunststücke mit Ketten und Zwangsjacken auf dem gesamten Erdball bekannt war«, stellte Justus fest.

»Aber *nicht* so bekannt wie Harry Potter«, warf der Zweite Detektiv grinsend ein.

Statt einer Antwort schloss Justus nur die Augen und schüttelte wie in Zeitlupe den Kopf. Dann wandte er sich wieder an Bob. »Aden Tangury legte seinen Schwerpunkt also nicht auf die Menge seiner Zuschauer, sondern auf die Exklusivität seiner Auftritte.«

»Genau«, bestätigte Bob. »Er war eine Art Popstar seiner Zeit, aber eben nur für einen sehr kleinen Kreis. Es gab damals den Spruch: *In Burbank ist Tangury weltberühmt.* Dort hat er um seine angeblich übernatürlichen Fähigkeiten einen regelrechten Kult aufgebaut: Schweben über dem Boden, Durchbohrung mit Schwertern und so weiter. Die größte Sensation war und blieb aber die Verwandlung in den riesigen Barrakuda. Für das Publikum begann der Nervenkitzel übrigens schon vor den Auftritten.«

»Inwiefern?«, wollte Justus wissen.

»Die Gäste wurden nacheinander vom Magier persönlich mit verbundenen Augen zu den Veranstaltungen und später auf dieselbe Weise wieder zurückgeführt. So blieb es immer ein Geheimnis, wo ›Baron Barrakuda‹ seine Shows durchgeführt hat.«

Irritiert zog Peter die Stirn kraus. »Du meinst, bis heute weiß niemand, wo dieser Typ seine Bühne hatte?«

»Na ja, sie wird wohl irgendwo auf seinem riesigen Grundstück gewesen sein. Aber Genaueres findet sich zumindest im Internet nicht darüber – es gibt überhaupt nur eine Handvoll Einträge über Tangury.« Bob zuckte die Schultern. »Noch stehe ich ja erst ganz am Anfang meiner Nachforschungen und vielleicht stoße ich beim Recherchieren in anderen Quellen auf weitere Informationen.«

Peter runzelte die Stirn. »Was ich mich die ganze Zeit frage: Warum gab es damals überhaupt das ganze Trara um diesen Typen? Okay, er hat den Leuten weisgemacht, dass er schweben, sich durchbohren und in einen Fisch verwandeln kann, aber reicht so was, um ein gefeierter Star zu werden? Wenn ich da an die Zauberer Siegfried und Roy mit ihren weißen Tigern und Löwen in ihrer gigantischen Las-Vegas-Nummer denke. *Das* waren echte Stars.«

»Du darfst nicht außer Acht lassen, in welcher Zeit Tangury aktiv war«, gab Justus zurück. »Damals gab es noch keine Überflutung mit täglich zig Sensationen in allen Medien rund um die ganze Welt.«

»Kein Radio, kein Fernsehen, kein Handy, kein Internet«, fügte Bob an. »Hier und da gab es Theater, wenn man es sich denn leisten konnte, und natürlich die Zirkusse oder Jahrmärkte. Und auch das gab es nicht ›einfach so‹. Da fand nur alle paar Monate mal was statt.«

Justus nickte. »Vorstellungen wie die von Tangury waren ganz besondere Ereignisse, die die Menschen in ihren Bann schlugen. Auch darf man nicht vergessen, dass seit den frühesten Kulturen zauberkundige Personen eine große Faszinationskraft ausübten. Man denke an Druiden und Schamanen oder auch literarische Figuren wie Merlin aus der Artus-Sage, Gandalf aus ›Der Herr der Ringe, Dumbledore aus–«

Abwehrend hob Peter die Hände. »Botschaft angekommen – Zauberer waren schon immer mega.«

»Das gilt bis in unsere Zeit«, pflichtete Bob bei. »Der Unterschied ist, dass sie heute ganz selbstverständlich als Unterhaltungskünstler und Illusionisten auftreten. Aden Tangury dagegen hat sich immer als wahren Magier bezeichnet. Zitat: ›Die Natur hat mir übernatürliche Fähigkeiten geschenkt.‹«

»Was sind denn seine Lebensdaten?«, fragte Justus.

Bob blickte wieder auf den Computer. »Geboren 1837, gestorben 1911, unerwartet an einem plötzlichen Herzschlag. Keine Ehefrau, keine Kinder. Angeblich ist er zeit seines Lebens nie eine Bindung eingegangen.«

»Passte wohl besser zu seiner Legende«, vermutete Peter.

»Haus und Grundstück erbte dann Tangurys jüngere Schwester und nach deren Tod ihr Sohn«, fügte Bob an. »Beide versuchten wohl, den Ruhm von ›Baron Barrakuda‹ für sich zu nutzen, indem sie die ehemaligen Anhänger zu sich ins Haus luden, um des Meistermagiers zu gedenken.«

»Wieder mit entsprechenden Eintrittspreisen, nehme ich an«, ergänzte Justus.

»Bestimmt. So entstand die Tradition der Tangury-Pilgerstätte, die bis heute besteht.« Der dritte Detektiv lehnte sich zurück. »Und die immer noch eine leidenschaftliche Fangemeinde besitzt, wie wir von Alyssa erfahren haben. Aber um mehr Licht in die Sache zu bringen, werde ich noch weitere Quellen anzapfen müssen.«

»Apropos Licht …«, erwiderte Peter. »Dieser leuchtende Frack des Zaunläufers und überhaupt sein ganzes Aussehen sind schon sehr abgefahren. Solches Zeug kriegt man ja nicht einfach so im Supermarkt oder per Internetbestellung.«

»Schön, dass auch du inzwischen von einem Täuschungsmanöver ausgehst«, stellte Justus zufrieden fest. Dann knetete er grübelnd seine Unterlippe. »Täuschung …«

»Was geht dir durch den Kopf?«, wollte Bob wissen.

Justus sah ihn an. »Wir haben bisher versäumt, eine wichtige Unterscheidung vorzunehmen. Dieses erstaunliche Video kann auf *zweierlei* Weise eine Täuschung aufweisen. Entweder in Bezug auf das Geschehen vor Ort oder auf den Film an sich.«

Bobs Augen weiteten sich, als er verstand, was diese Aussage bedeutete. »Du denkst … Alyssas Video könnte ein *Fake* sein?« Er schüttelte heftig den Kopf. »Aber das ergäbe doch überhaupt keinen Sinn! Wieso sollte sie uns mit einem Riesenaufwand auf einen Fall ansetzen, den sie selbst inszeniert hat?«

Beschwichtigend hob Justus die Hand. »Immer mit der Ruhe. Ich behaupte keineswegs, dass Alyssas Video manipuliert ist. Aber unsere detektivische Sorgfaltspflicht gebietet es, diese Möglichkeit zumindest nicht auszuschließen. Zumal wir über unsere Klientin, mit Ausnahme deiner eigenartigen Begegnung mit ihr in Burbank, so gut wie nichts wissen.«

»Zugegeben.« Bob stand auf und holte sich eine Dose Cola aus dem Kühlschrank. »Aber was hätte sie denn davon?«

Justus zuckte die Achseln. »Aufmerksamkeit? So wie damals?«

»Hm, ich weiß nicht ...« Auch wenn Bob es natürlich nicht als Argument anführen konnte, sagte ihm sein Gefühl, dass Alyssa ihn nicht belügen würde.

»Aufwand ist das richtige Stichwort«, klinkte sich Peter ein. »Die Aktion auf dem Zaun war ja schier unglaublich. Irgendeine Täuschung muss also dahinterstecken. Deshalb schlage ich vor, meinem Dad mal den Film zu zeigen und ihn zu fragen, was er davon hält.«

Der Vater des Zweiten Detektivs arbeitete schon seit vielen Jahren als Experte für Spezialeffekte in Hollywood und kannte sich deshalb mit Tricks aller Art bestens aus. Auch jetzt war er wieder an einem großen Kinofilm beteiligt.

»Gute Idee«, stimmte Bob zu. Er wies auf den Bildschirm und scrollte etwas tiefer. »Ich hab jetzt hier auch einige Presseartikel zu den bisherigen zwei Tangury-Auftritten gefunden. Daraus geht hervor, dass es außerdem Sabotage-Aktionen gab, bei denen tatsächlich erhebliche Schäden an hochwertigen Baumaschinen entstanden sind. Deshalb gerät der ›Satterfield‹-Konzern zunehmend unter Druck. Die meisten Fotos zeigen allerdings nur den leuchtenden Zaunläufer.«

»Logisch – die Reporter haben sich in erster Linie auf den verrückten Barrakuda-Boy gestürzt«, folgerte Peter.

Der dritte Detektiv nickte. »Ganz genau.«

»Schwere Sabotage also. Auch darum sollten wir uns vor Ort kümmern. Vielleicht können wir ja mit einem der Verantwortlichen über nähere Details sprechen.« Justus wandte sich an Peter. »Wir teilen uns also auf. Während du deinen Vater befragst, erledigen Bob und ich das Ausladen und Sortieren von Onkel Titus' neuer Lieferung, mit der er in ungefähr einer Stunde eintreffen müsste. Anschließend treffen wir uns dann wieder hier und fahren zusammen nach Burbank.«

Spielerisch salutierte Peter. »Aye, aye, Sir.« Insgeheim war er froh, ausnahmsweise von der üblichen Plackerei befreit zu sein.

Bob wandte sich wieder dem PC zu. »Okay. Bis dein Onkel kommt, nutze ich die Zeit für weitere Nachforschungen.« Jetzt hielt er kurz inne und blickte den Ersten Detektiv schmunzelnd an. »Aber du hast noch etwas vergessen, oder?«

Justus huschte ein Lächeln über das Gesicht. Dann hob er mit bedeutungsvoller Miene den rechten Zeigefinger. »Kollegen, hiermit stelle ich fest: Die drei ??? haben einen neuen Fall!«

# Besuch in Hollywood

Bevor die drei sich an ihre jeweilige Aufgabe machten, holten Peter und Bob bei ihren Eltern die Erlaubnis ein, während des Wochenendes bei Justus zu übernachten. Der Einsatz konnte schließlich länger dauern.

Zur Überraschung des Ersten Detektivs kehrte Titus Jonas deutlich früher zurück als gedacht. Bereits eine Viertelstunde nachdem Peter aufgebrochen war, traf Justus' Onkel mit seinem Lastwagen auf dem Gelände des Gebrauchtwarencenters ein und parkte ihn vor einem Lagerschuppen.

»Hallo, ihr zwei!«, begrüßte Mr Jonas die Jungen. »Nanu? Ist Peter gar nicht hier?«

»Der musste zu einem wichtigen Termin, aber wir schaffen das schon«, erwiderte Justus und war sich da bereits Sekunden später ganz und gar nicht mehr so sicher. Denn auf der bis zum letzten Quadratzentimeter vollgepackten Ladefläche befanden sich eine erstaunlich große Anzahl an gebrauchten Waschmaschinen sowie riesige Mengen an Ersatzteilen.

Der dritte Detektiv seufzte leise. »Da hätten wir Peter doch gut gebrauchen können …«

Während in Rocky Beach geschuftet wurde, erreichte der Zweite Detektiv Hollywood. Genauer gesagt das Gelände des ›Silverstar‹-Studios, bei dem Mr Shaw für die Spezialeffekte des neuesten Films ›Vultan's Voyage‹ verantwortlich war.

Nachdem Peter seinen Wagen auf dem Parkplatz abgestellt hatte, erkundigte er sich bei dem stämmigen Wachmann am Tor nach seinem Vater. Er kannte Terry Cillian von früheren Begegnungen. Tatsächlich konnte der Mann ihm weiterhelfen.

»Du hast Glück. Gerade ist Drehpause.« Cillian deutete auf das Studiogelände. »Dein Dad und seine Kollegen sind jetzt wahrscheinlich in der Kantine, Halle 7.«

»Alles klar, vielen Dank.« Peter hob zum Abschied die Hand und machte sich auf den Weg.

Tatsächlich entdeckte er seinen Vater zusammen mit einer blonden Frau mit Jeansjacke und einem dunkelhaarigen Mann mit Vollbart, schwarzem Stirnband und ›Ghostbusters‹-T-Shirt an einem Tisch in der Studiokantine.

Als der Zweite Detektiv sich näherte, hob sein Vater überrascht die Augenbrauen. »Junior, was führt dich denn hierher? Waren wir verabredet?«

»Nein«, erwiderte Peter. »Normalerweise hätte ich mich angekündigt, aber ich weiß ja, dass ich dich bei laufenden Dreharbeiten nur in absoluten Notfällen anrufen soll.«

»Also ist es kein Notfall, dann bin ich ja beruhigt. Setz dich.«

Mr Shaw deutete auf den freien Platz neben sich. »Darf ich vorstellen? Das sind Edward und Laura. Ich nenne sie auch meine Effekt-Helden, weil sie auf dem Gebiet einfach unschlagbar sind.«

Peter lächelte breit. »Genau darauf hatte ich gehofft!«

»Zu viel des Lobes«, erwiderte die Frau freundlich und reichte dem Zweiten Detektiv die Hand.

Peter begrüßte auch ihren Kollegen. »Guten Tag.«

Nun blickte Mr Shaw seinen Sohn fragend an. »Na, dann schieß mal los. Worum geht es?«

»Es ist keine große Sache, aber ich würde gerne deine – und Ihre – Meinung dazu einholen.« Peter hatte sich bewusst dazu entschieden, nicht zu erwähnen, dass es sich um einen neuen und möglicherweise gefährlichen Fall der drei ??? handelte. Erfahrungsgemäß löste das bei seinen Eltern keine wohlwollenden Reaktionen aus. Stattdessen entschied er sich dafür, die Wahrheit geringfügig abzuändern. Er holte sein Handy hervor. »Es ist eine filmtechnische Frage. An unserer Schule geht momentan ein Video rum, in dem angeblich wahre Magie zu sehen ist. Manche Schüler sind richtig besessen davon, weil es so echt aussieht. Und nun würde ich gerne beweisen, dass das alles nur ein Trick ist.«

Peter zeigte seinem Vater und dessen Kollegen das Video.

Nachdem es durchgelaufen war, tippte sich Mr Shaw nachdenklich ans Kinn. »Das ist wirklich erstaunlich. Auf den ersten Blick kann ich keine Anzeichen für eine Fälschung erkennen.«

»Ich auch nicht«, schloss sich Laura an. »Sieht wirklich echt aus, aber das muss nichts heißen.«

»Zumal ein kleiner Handybildschirm für eine tiefergehende Bestandsaufnahme unzureichend ist«, ergänzte Edward, während er sich zögerlich über seinen Bart strich.

»Vollkommen richtig, einen Moment …« Henry Shaw zog einen Aktenkoffer unter dem Tisch hervor, holte ein Notebook heraus und wandte sich dann wieder an seinen Sohn. »Sende mir das Video mal an meine Mailadresse.«

Während Peter auf seiner Handytastatur tippte, erklärte sein Vater: »Grundsätzlich gilt, dass jedes noch so unscheinbare Detail wichtig sein kann, um manipuliertes Bild- oder Videomaterial zu entlarven.«

Laura nickte. »Was diesen Punkt betrifft, so kann unserem Edward niemand das Wasser reichen. Er ist ein wahrer Meister der Bild-Analyse, der für verschiedene Fernseh-Dokus schon zig gefälschte UFO- und Bigfoot-Sichtungen enttarnt hat.«

»Die zugegebenermaßen meist haarsträubend schlecht gemacht waren«, erwiderte ihr Kollege. »Miese Kostüme, stümperhaft hineinkopierte Bilddetails und so weiter.«

»Von mies und stümperhaft kann bei dem Zauberer-Film allerdings keine Rede sein«, entgegnete Laura. »Und es sieht auch nicht so aus, als ob an dem Mann per Computer herummanipuliert wurde. Dafür wirkt der Lauf über den Zaun in all seinen Details einfach zu natürlich. Auch eine Projektion schließe ich mit Sicherheit aus.«

»Wenn der Typ und seine Aktion echt sind, müssen wir

also nach versteckten Hilfsmitteln suchen, mit denen er das fertiggebracht hat«, folgerte Peter.

»Exakt. Höchste Zeit, das noch mal auf einem größeren Bildschirm zu überprüfen.« Inzwischen war die Mail angekommen und Peters Vater spielte das Video ab, nachdem alle vor dem Notebook zusammengerückt waren. Kaum eine Minute später stellte Mr Shaw fest: »Auch wenn ich spontan keine Erklärung dafür habe – ich kann nach wie vor weder Anzeichen für Bildbearbeitung noch für versteckte Halterungen oder sonstige Hilfsmittel feststellen. Keine Drähte, Seilzüge oder Ähnliches. Und auch kein Kran, an dem solches Material ja befestigt sein müsste.« Er blickte seine Kollegen an.

Laura deutete auf die Zeitleiste. »Kannst du bei Sekunde sieben mal nur Kopf und Arme heranzoomen?«

»Kein Problem.« Mr Shaw rief den Bildausschnitt auf.

Die Frau kniff ihre Augen zusammen. »Hmm … der Mund und die Hände dieses ›Magiers‹ sind wirklich bizarr, aber mit professioneller Maskerade ist so etwas kein Problem.«

»Kein Problem, aber aufwendig?«, hakte Peter nach. »Und vermutlich auch nicht billig?«

»Definitiv«, bestätigte die Frau. »Dieser Typ trägt keine einfache Gummimaske, die man sich über den Kopf zieht – das ist deutlich zu erkennen. Stattdessen sind einzelne Gesichtspartien sorgfältig modelliert, um dieses unnatürlich breite und böse Grinsen zu erzeugen.«

»Wie beim Joker im Film ›Batman‹«, fügte Mr Shaw an. »So etwas dauert Stunden.«

Laura nickte. »Genau.« Sie richtete ihren konzentrierten Blick wieder auf den Monitor. »Und ich stimme dir auch sonst zu, Henry. Ich erkenne keinerlei Hilfsmittel. Was meinst du, Edward?«

»Da kann ich mich euch nur anschließen«, antwortete ihr Kollege. »Keine unstimmigen Spiegelungen oder Schatten, keine falschen Übergänge oder Anhaltspunkte für nachträglich verdeckte Elemente. Alles ist von Anfang bis Ende einheitlich.«

»Und auch der flackernde Anzug des Mannes wirkt echt, vermutlich erzeugt durch spezielle, sehr starke Leuchtdioden unter dem Stoff«, fügte Mr Shaw an.

»Was ebenfalls nicht günstig sein dürfte«, vermutete Peter.

»Mit Sicherheit nicht«, bestätigte der Bärtige. »Dieser bizarre Lauf über den Bauzaun ist einfach unglaublich. Aber wenn da wirklich Halteseile wegretuschiert wurden, wäre es die beste Fälschung, die ich jemals gesehen habe.«

Peter hielt zögernd inne. »Und … was genau heißt das jetzt?«

Laura lehnte sich zurück. »Das heißt, dass die Aktion dieses Fratzenmanns, obwohl sie allen Gesetzen der Schwerkraft widerspricht, mit hoher Wahrscheinlichkeit echt ist.«

# Ein neues Puzzleteil

Als Peter zum Schrottplatz zurückkehrte, waren seine Freunde und Onkel Titus mit dem Abladen der Lieferung so gut wie fertig. Mit gesenkter Stimme eröffnete der Zweite Detektiv Justus und Bob die erstaunliche Nachricht, dass der spektakuläre Zaunlauf des falschen Tangury wohl tatsächlich real war und keine Spezialeffekte oder Ähnliches zum Einsatz gekommen waren.

»Holla.« Bobs Augen weiteten sich. »Am Ende ist da wirklich Magie im Spiel.«

»Fang du nicht auch noch damit an«, entgegnete Justus streng. »Ich bin heilfroh, dass Peter nicht mehr glaubt, Baron Barrakuda sei plötzlich aus dem Jenseits zurückgekehrt. Da können wir –« Er hielt inne und blickte den verdächtig still gewordenen Zweiten Detektiv misstrauisch an. »Jetzt sag bitte nicht, dass du …«

Peter hob die Hände. »Keine Aufregung, ich behaupte ja nicht, dass der Typ in dem Video doch ein echter Zauberer ist.

Aber auch Dad und seine Kollegen können sich einfach nicht erklären, wie er das hingekriegt hat.«

Wie aufs Stichwort klingelte Peters Mobiltelefon. Am anderen Ende meldete sich der bärtige Effekt-Spezialist. »Hi, hier ist Edward. Henry hat mir deine Nummer gegeben.«

»Hallo«, erwiderte der Zweite Detektiv verdutzt. »Haben Sie doch noch etwas entdeckt?«

»Ja und nein. Mich hat dieses rätselhafte Video einfach nicht losgelassen. Deshalb habe ich den Film noch mal mit Spezialausrüstung in meinem Studio genau unter die Lupe genommen. Dabei ist mir am linken Rand abseits der Demonstranten etwas aufgefallen. In der ursprünglichen Bildqualität kann man es nicht sehen, aber da ist ein Mann mit grünem Kapuzenpullover, der sich anders als alle anderen verhält.«

»Und zwar?«

»Während sämtliche Personen, völlig verständlich, nach oben zu der Gestalt auf dem Zaun starren, blickt der Kapuzenmann als Einziger nach unten.«

Peter stutzte. »Das … ist tatsächlich merkwürdig.«

Edward fuhr fort: »Wenn es sich nur um einen kurzen Augenblick gehandelt hätte, wäre ja noch denkbar, dass der Mann auf irgendetwas getreten oder gestolpert ist und deshalb aus Reflex zu Boden schaut. Aber so ist es nicht. Sein Gesicht ist über den gesamten Lauf des Zauberers hinweg nach unten gerichtet – ganze elf Sekunden lang, während alle Leute um ihn herum ausrasten. Man müsste schon blind und taub sein, um auf dieses Geschehen nicht zu reagieren.«

Peter dachte angestrengt nach. »Kann man denn erkennen, ob der Typ auf irgendetwas in seiner Hand schaut?«

»Nein, er steht hinter einem Bretterstapel, von der Schulter abwärts ist er verdeckt«, erwiderte der Effekt-Spezialist. »Aber ich schicke dir gleich ein vergrößertes Foto zu – vielleicht könnt ihr ja etwas damit anfangen.«

»Herzlichen Dank«, erwiderte Peter. »Und haben Sie bei Ihrer Detail-Analyse noch etwas zu dem unheimlichen Zaubertypen herausgefunden?«

Edward atmete tief ein. »Nein. Nach dem zweiten Check möchte ich mich zu hundert Prozent festlegen: Der Lauf über den Bauzaun hat tatsächlich so stattgefunden, ohne jeden Zweifel und ohne irgendwelche Tricks.«

Peter verzog die Mundwinkel. »Dann ist es jetzt amtlich – der Mann kann sich der Schwerkraft widersetzen …«

Nachdem er aufgelegt und seine Freunde informiert hatte, stellte Justus fest: »Okay. Wir haben also einen Mann, der vermeintlich den Gesetzen der Gravitation trotzen kann, und einen anderen Mann, den dieses Kunststück überhaupt nicht zu beeindrucken scheint. Beidem gilt es auf den Grund zu gehen.«

Doch zunächst gab es das von Tante Mathilda zubereitete köstliche Abendessen: Cheeseburger mit zweierlei Käse, Röstzwiebeln und selbst gemachter Barbecue-Soße.

Danach begaben dich die Jungen wieder in die Zentrale, um sich das inzwischen eingetroffene Foto des Manns im grünen Kapuzenpullover anzusehen.

»Zu dumm, vom Gesicht ist nichts zu erkennen«, sagte Bob. »Wenn man ihn mit den anderen Leuten vergleicht, muss er aber ein ziemlich großer und schlaksiger Mann sein.«

»In der Tat«, pflichtete Justus bei. »Sofern er dieses Kleidungsstück auch bei weiteren Demonstrationen trägt, könnten uns diese Merkmale helfen, ihn zu identifizieren.« Er blickte auf die Uhr des Computermonitors. »Kurz nach halb acht. Angesichts unserer bevorstehenden Nachtschicht schlage ich vor, dass wir uns noch ein wenig aufs Ohr legen, bevor wir in den Einsatz starten.«

Zwei Stunden später waren die Jungen in Bobs Käfer auf dem Weg Richtung Burbank. Obwohl die Sonne längst untergegangen war, herrschte im Wagen immer noch drückende Hitze.

Bobs Schläfen pochten. Statt zu schlafen, hatte er lieber weitere Recherchen angestellt. Dabei hatte er festgestellt, dass nun in mehreren Burbank-Medien das angebliche Versagen von ›Satterfield‹ im Umgang mit den Demonstranten und bei der Abstimmung mit der Polizei angeprangert wurde. Darüber hinaus hatte Bob seinen Vater in der Redaktion der *Los Angeles Post* angerufen, einer Zeitung, für die Mr Andrews seit vielen Jahren als Journalist arbeitete, heute in der Spätschicht. Bobs Dad und seine zahlreichen Kollegen aus den unterschiedlichsten Abteilungen hatten den drei ??? in der Vergangenheit schon oft mit Rat und Tat zur Seite gestanden. Doch niemand konnte Bob mehr über Tangury mitteilen als das, was er bereits im Internet ermittelt hatte. Der Mann blieb ein Phantom.

Aber da war noch etwas anderes, was Bob beschäftigte, auch wenn er es sich nicht so recht eingestehen wollte. Tatsache war, dass er sich wegen der anstehenden ersten Begegnung zwischen Justus und der ebenfalls überaus selbstbewussten Alyssa sorgte. Er hoffte inständig, dass sie mit ihrer herausfordernden Art nicht mit dem Ersten Detektiv aneinandergeriet. Das würde nicht gutgehen, so viel war sicher.

Zehn Minuten später wechselte Bob vom Pacific Coast Highway auf den Santa Monica Freeway. Bald darauf hatten die Jungen ihr Ziel erreicht und wenig später bog Bob vom Laurel Canyon Boulevard in die Hart Street ein. Obwohl Burbank eine gepflegte Stadt war, schien dieses Viertel das Gegenteil beweisen zu wollen. Seit Bobs letztem Einsatz hier hatte sich so gut wie nichts am trostlosen Anblick verändert.

Nun erblickte der dritte Detektiv im blassen Schein der Straßenlaternen Alyssa vor der Hecke des Grundstücks ihrer Eltern. Sie hatte immer noch ihr Sommerkleid an, statt Flip-Flops trug sie jetzt jedoch feste Turnschuhe.

Nachdem er hinter einem bunt bemalten Wohnmobil gehalten hatte und die Jungen ausgestiegen waren, deutete Bob auf seine Freunde. »Alyssa, darf ich vorstellen? Justus und Peter, die übrigen zwei Drittel der drei Detektive.«

Das Mädchen lächelte erfreut. »Schön, dass ihr hier seid, vielen Dank. Es freut mich sehr, dass ihr helfen wollt.«

Zu Bobs großer Erleichterung schienen seine Sorgen unbegründet gewesen zu sein. Alyssa wirkte ungewohnt zurückhaltend, fast schon ein wenig befangen.

Nun lächelte auch Justus. »Angesichts eines dermaßen außergewöhnlichen Falls konnten wir unmöglich Nein sagen.«

»*Völlig* unmöglich, ganz klar«, murmelte Peter kaum hörbar.

Verlegen blickte Alyssa über die Schulter zu ihrem Wohnhaus hinüber. »Ich würde euch ja reinbitten, um alles zu bequatschen, aber mein Dad hat heute einen seiner Gewitter-Tage, da sollte man ihm lieber aus dem Weg gehen.«

Trotz dieser ungewöhnlichen Bezeichnung konnten sich die Jungen vorstellen, was damit gemeint war.

Bob kam eine Idee. »Bei meinen Recherchen habe ich mir die Gegend hier im Internet angesehen. In Sichtweite zur Baustelle gibt es ein kleines mexikanisches Restaurant, von dem aus wir alles gut im Blick hätten, ohne aufzufallen.«

Alyssa nickte. »Das ›Esperanza‹ – gute Idee! Sehr lecker und gleichzeitig preiswert. Und auf jeden Fall sehr viel besser als das ewige Fertigfutter zu Hause.«

Kurz darauf saßen die vier auf bequemen Korbstühlen draußen vor dem Restaurant.

»Ein wahrlich guter Beobachtungsposten«, stellte Justus zufrieden fest. Ihre Position hätte in der Tat kaum besser sein können. Zwar war der Blick auf die Baustelle selbst durch den hohen Zaun versperrt. Diesen konnten sie aber den ganzen Straßenzug entlang einsehen. Das Gelände dahinter musste wirklich gigantische Ausmaße haben.

»Wow, hier entsteht etwas richtig Großes«, staunte Peter.

Mit düsteren Gedanken strich sich Alyssa über den Ellenbogen. »Hoffentlich …«

# Höhenflieger

Vor der Baustelle tat sich noch nicht viel, wenn man von vier Personen mit professionellen Kameras absah, vermutlich Journalisten, die auf ein weiteres Auftauchen des Geisterzauberers oder auf Interviews mit den Protestierenden warteten.

»Wird hier denn nur spätabends demonstriert?«, fragte der Erste Detektiv.

Das Mädchen schüttelte den Kopf. »Nein, es gibt sozusagen eine Tag- und eine Nachtschicht. Die ›Harmlosen‹, oft Familien mit Kindern, protestieren friedlich tagsüber für das Zentrum. Ich habe schon mit vielen von denen gesprochen. Sie wollen sich einfach für den Bau und die Zukunft ihres Viertels einsetzen. Tangury-Demonstranten gibt's da zwar auch vereinzelt, aber deutlich weniger und ruhiger. Nachts ist es dann eher umgekehrt.«

»Dann kommen die Krawallmacher«, vermutete Bob. »Jetzt noch extra aufgehetzt von der Erscheinung ihres bewunderten Magier-Helden.«

»Und das wiederum stachelt die Zentrums-Befürworter auf«, fügte Peter nachdenklich an. »Ein echter Teufelskreis.«

Nun holte Alyssa ihr Mobiltelefon hervor. »Es gibt übrigens Neuigkeiten. Mein Nachbar und Kumpel Fernando hat mir vorhin ein Video vom ersten Vorfall geschickt, bei dem er dabei war.« Das Mädchen schob ihr Handy auf der Tischplatte zu den drei Detektiven hinüber. »Und ich kann euch versprechen: Dieser Film hier hat es wirklich in sich …«

Gespannt beugten sich die Jungen über das Gerät. Auf dem Video waren diesmal nur ganz am Anfang der Zaun und ein Teil der Demonstranten zu sehen, unter anderem wieder der ältere Mann mit »ZENTRUM – NEIN!«-Schild und Schirmmütze. Er stand jetzt näher am Filmenden, sodass zu erkennen war, dass es sich bei seiner Kopfbedeckung um einen Fanartikel des Footballteams ›Detroit Lions‹ handelte. Aus dem Gejohle rundherum war zu schließen, dass gerade irgendetwas passierte. Die Kamera schwenkte nach oben und ein mehrgeschossiges Gebäude direkt neben der Baustelle kam ins Bild, auf dessen Flachdach sich etwas hell Flackerndes bewegte. Kurz darauf erfolgte ein Zoom. Nun war eine Gestalt mit leuchtendem Frack, dunklem Hut und unförmigen Händen zu sehen, die in irrer Geschwindigkeit am Rand des Dachs entlangrannte, nur Zentimeter vom tödlichen Abgrund entfernt.

»Du lieber Himmel«, raunte Bob. »Der Kerl muss ja komplett lebensmüde sein.«

»Oder er hat übernatürliche Fähigkeiten«, sagte Peter heiser.

Justus gab ein lautes Räuspern von sich.

»Passt auf, jetzt kommt das große Finale«, raunte Alyssa.

Nun drehte sich der Mann mit dem markanten Schnurrbart auf dem Dach um, riss seine Flossenhände in die Höhe und lachte schrill. Sein unnatürlich breiter Mund mit den spitzen Zähnen sah aus wie ein schwarzes ausgefranstes Loch. Unter dem tosenden Applaus seiner Anhänger und wilden »Tangury!«- und »Barrakuda!«-Rufen gleißte ein letzter Lichtblitz auf und der vermeintliche Zauberer aus dem Jenseits verschwand in der Dunkelheit. Wenig später endete der Film.

Einige Sekunden lang herrschte Schweigen. Dann ergriff Justus das Wort. »Hiermit halte ich fest: Der Maskierte ist definitiv schwindelfrei und besitzt die körperliche Konstitution eines Leistungssportlers sowie ein herausragendes Balancegefühl.«

»Und er verfügt über eine erstaunliche Lichttechnik«, ergänzte Bob.

Justus nickte. »Spätestens jetzt dürfte sicher sein, dass hier eine Menge Geld im Spiel ist. Nicht nur hinsichtlich der technischen Ausstattung, sondern auch wegen des Risikos für diesen Mann.«

Peter nickte. »Stimmt. Von einem Bauzaun zu fallen, wäre ja kein Drama. Aber ein Sturz vom Dach eines mehrstöckigen Gebäudes wäre tödlich. Wer auch immer sich zu so einer irren Aktion bereit erklärt, macht das nur für gutes Geld.«

»So viel ist sicher«, schloss sich Bob an. »Es geht diesem Möchtegern-Magier um den größtmöglichen Effekt. Und für seine Aktionen benutzt er gezielt die Perspektive.«

»Perspektive?« Alyssa legte fragend den Kopf schief. »Was meinst du, Bobo?«

Belustigt hob Peter die Augenbrauen. »Bobo?«

Unwillig winkte der dritte Detektiv ab. »Das ist eine lange Geschichte.« Schnell schwenkte er wieder zum eigentlichen Thema über. »Er benutzt Höhe als bewusstes Mittel für seine Inszenierung. Der Pseudo-Tangury begibt sich nicht unter die Leute, sondern lässt sie zu sich aufschauen.«

Das Mädchen kratzte sich an der Schläfe. »Aber gestern hat er die Höhe mächtig verringert – von einem Häuserdach auf einen Bauzaun. Wenn er da gestolpert und in die Menge gefallen wäre – zack! – Show zu Ende. Alle hätten ja dann gewusst, dass er ein Betrüger ist.«

»Auch dahinter steckt Methode«, erwiderte Justus. »Dieser Mann ist sich seiner außergewöhnlichen Fähigkeiten absolut sicher. Durch den tollkühnen Lauf über den Zaun steigerte er bei den Fans den Glauben an seine vermeintliche Übermenschlichkeit.« Er blickte zur Baustelle hinüber, bei der sich erste Demonstranten versammelten. »Umso gespannter bin ich, was uns heute Nacht geboten wird …«

Manche der Leute trugen Schilder, andere bedruckte T-Shirts, einerseits mit dem Bild des schnurrbärtigen Tangury und andererseits mit den unheimlichen Fratzen, die sich aus der Nähe als Barrakuda-Köpfe mit aufgerissenen Mäulern entpuppten. Die Stimmung war noch relativ ruhig, wirkte aber angespannt.

Nervös zupfte Bob an einer Serviette. »Nachdem wir den

Ort hier jetzt kennen – wie bereiten wir uns darauf vor, dass es heute Nacht wieder eine Show-Einlage gibt?«

»Können wir das überhaupt?«, fragte Peter, dem beim Gedanken an eine direkte Begegnung mit dem Geister-Zauberer alles andere als wohl in seiner Haut war. »Das Gelände rund um die Baustelle ist riesig. Wie sollen wir da vorhersagen, wo genau der Kerl auftauchen wird?«

»Eine exakte Lokalisierung im Voraus wird in der Tat nicht möglich sein«, sagte Justus. »Aber wir können und müssen die bislang bekannten Fakten in unsere Planung einfließen lassen.«

»Nämlich?«, fragte Alyssa neugierig.

Justus sah sie an. »Nach den bisherigen Auftritten liegt es nahe, davon auszugehen, dass der falsche Tangury auch diesmal wieder in erhöhter Position agieren wird. Und das wird er wohl kaum auf einem Strommast, einer Baumkrone oder einer Straßenlaterne tun.«

»Weil er da weder rennen noch von dort hinterher wieder runterkommen könnte, ohne erwischt zu werden – alles viel zu nahe an den Demonstranten«, ergänzte der dritte Detektiv. »Anders als beim Zaunlauf. Da konnte er über die Baustelle verschwinden.«

»Und beim Häuserdach hatte er noch viel mehr Möglichkeiten, im Haus unterzutauchen«, ergänzte Peter.

Justus nickte. »Korrekt. Er braucht immer einen sicheren Fluchtweg.«

Nachdenklich ließ Alyssa den Blick über die Gebäude der Umgebung schweifen. »Wenn er sich mit dem Mietshaus und dem Bauzaun nicht wiederholen will, hat er keine große Auswahl mehr. Die ›Bühne‹ darf nicht zu weit weg und nicht durch irgendetwas verdeckt sein. Tangurys Show muss ja von den Demonstranten gesehen werden können.«

»Stimmt, ohne Publikum wäre das alles sinnlos«, pflichtete Peter ihr bei und deutete nach links. »Das Dach der Tankstelle wäre noch in passender Entfernung. Genauso der Wassertank da drüben.« Er wies auf einen riesigen zylinderförmigen Behälter aus Stahl, der in etwa zwanzig Metern Höhe auf vier massiven Stelzen thronte.

»Beides würde funktionieren. Der Typ müsste beim Tank zwar blitzschnell wieder runterklettern, aber die Entfernung zu den Demonstranten wäre dafür wohl ausreichend«, schloss sich Bob an. »Vielleicht käme auch noch das Flachdach von dem leer stehenden Drugstore infrage.«

Justus folgte dem Blick des dritten Detektivs. »Von der Höhe her deutlich weniger gefährlich als das Mietshaus, vielleicht sechs Meter. Aber Arme oder Beine kann man sich bei einem Sturz von da oben trotzdem brechen.«

»Das scheint diesem Typen ja herzlich egal zu sein«, entgegnete Alyssa. »Was der da abzieht, macht doch niemand, der noch halbwegs klar im Kopf ist.«

»Vielleicht fehlt ihm einfach der natürliche Selbsterhaltungstrieb«, mutmaßte Bob.

»Oder der gesunde Menschenverstand.« Mit grimmiger Miene verschränkte Peter die Arme vor der Brust.

»Psychologische Befunde ohne Beteiligung des Betroffenen

sind in diesem Stadium wenig zielführend«, dozierte Justus mit seiner gefürchteten Oberlehrermiene.

Mit hochgezogener rechter Augenbraue beugte sich Alyssa zu Bob vor und flüsterte: »Ist das normal bei ihm oder muss man sich Sorgen machen?«

»Völlig normal«, raunte Bob. »Da gewöhnt man sich dran.«

Ungerührt fuhr Justus fort: »Angesichts der bisherigen Risikobereitschaft dieses Pseudo-Magiers müssen wir jedenfalls jede der vorhandenen Auftrittsmöglichkeiten in Betracht ziehen. Deshalb schlage ich vor –«

Plötzlich riss Peter die Augen auf. »Was passiert denn *jetzt*?«

# Riesenfisch und Hotdogs

Zur Verblüffung des Quartetts war soeben unter dem Johlen der Anwesenden eine weit über zwei Meter große Gestalt mit unförmigem Körper und groteskem Kopf mit lang gestrecktem Maul aufgetaucht. Auf ebener Erde.

Hastig knallte Justus einen Zwanzig-Dollar-Schein auf den Tisch und sprang auf. »Los, wir müssen hin!«

»Was soll das denn?«, fragte Bob verwirrt, während sie losspurteten. »Das passt doch überhaupt nicht ins Schema!«

»Und ich weiß auch, wieso«, murmelte Alyssa jetzt genervt. »Was für Trottel …«

Peter schnaubte. »Willkommen beim Kindergeburtstag.«

Im Licht der Straßenlaternen war nämlich nun deutlich zu erkennen, dass unter einem übergroßen grauen Poncho eine Person steckte, die eine andere auf den Schultern trug, wobei die obere eine offensichtlich selbst gebastelte Barrakuda-Maske aus Pappmaschee trug, die eher albern als unheimlich aussah. Das hielt die inzwischen etwa zwanzig Tangury-Protestierenden jedoch nicht davon ab, den Möchtegern-Magier frenetisch zu bejubeln. Justus betrachtete jeden einzelnen genau, ein Mann mit Kapuzenpullover war jedoch nicht unter ihnen.

Einige wenige Gegendemonstranten, die sich inzwischen eingefunden hatten, überschütteten die Zauberer-Fans mit Hohn und Spott. Die acht Sicherheitsleute, die sich mit stoischem Gesichtsausdruck vor dem geschlossenen Baustellentor postiert hatten, ließen sich von alldem – noch – nicht aus der Ruhe bringen.

Jetzt fiel Justus ein heraneilender untersetzter Mann Mitte sechzig mit kleinem, silbergrauem Oberlippenbart, randloser Brille und sorgsam gezogenem Seitenscheitel auf. Trotz der immer noch hohen Temperaturen trug er einen dreiteiligen Anzug und Krawatte. An seiner Brusttasche hing ein kleines Plastikschild, welches das rot-gelbe Logo von ›Satterfield‹ zeigte. Der Schriftzug daneben war aus der Distanz jedoch nicht zu entziffern.

Gestikulierend stellte sich der Mann zwischen die Gruppen und rief mit flehender Stimme: »Bitte, meine Damen und Herren, seien Sie vernünftig. Aus dem höchst unschönen Tumult gestern Nacht sollten doch alle gelernt haben, dass Gewalt keine Lösung ist.«

Die Antwort bestand aus lauten Pfiffen und Rufen wie ›Tangurys Haus muss bleiben!‹ auf der einen und ›Kämpft für unser Zentrum!‹ auf der anderen Seite.

Als auch weitere Beschwichtigungsversuche erfolglos blieben, marschierte der Anzugträger zurück, in Richtung eines großen Bauwagens, der etwa dreißig Meter entfernt stand.

»Der ist nicht zu beneiden«, stellte Alyssa fest. »Das ist irgendein hohes Tier bei der Baufirma – er hat gestern schon alles versucht, damit die Situation nicht aus dem Ruder läuft, aber keine Chance. Um zu verhindern, dass es eine Riesenprügelei gibt, musste die Polizei eingreifen.«

Der Zweite Detektiv verzog die Mundwinkel. »Diese Tangury-Fans sind ja geradezu besessen.«

»Tja, der Begriff ›Fan‹ leitet sich nicht ohne Grund von ›fanatisch‹ ab«, erwiderte Justus.

»Oh, seht mal.« Alyssa deutete nach rechts. »Der Satterfield-Typ kommt schon wieder zurück.«

Tatsächlich näherte sich der emsige Mann, flankiert von zwei anderen Personen, wieder dem Ort des Geschehens.

Verdutzt zog Bob die Stirn kraus. »Was haben die denn in den Händen? Sind das Tabletts?«

»Sind es«, bestätigte Peter. »Fragt sich, was drauf ist.«

Zur Verwunderung der Anwesenden transportierten die Männer auf Servierplatten mehrere Dutzend Hotdogs, die sie nun mit den Worten »Eine kleine Aufmerksamkeit, um die Nerven zu beruhigen« an alle Demonstranten verteilten.

Anerkennend hob Justus die Augenbrauen. »Keine schlechte Strategie. Ein voller Magen beruhigt das Gemüt.«

»Gemeinsamer Imbiss als Mittel gegen Gewalt, ziemlich originell«, fügte der dritte Detektiv an. »Hoffen wir, dass es funktioniert.«

»Vielleicht ist ja ein Betäubungsmittel in den Würstchen«, scherzte Alyssa. »Wenn hier gleich alle pennen, wissen wir's.«

Obwohl sehr wahrscheinlich keine Medikamente im Spiel waren, entspannte sich die Situation nach der Essensausgabe tatsächlich ein wenig.

Nachdem alle Hotdogs verteilt waren, ging der Anzugträger zum Bauwagen zurück. Die beiden anderen Männer blieben vor Ort, vermutlich um die Lage im Auge zu behalten.

Justus blickte sich um. »Solange der falsche Tangury seine Show noch nicht beginnt, sollte ich die Zeit nutzen, um einen der Hauptverantwortlichen zu interviewen.«

»Du meinst den ›Satterfield‹-Mann?«, fragte Peter.

Justus nickte. »Exakt. Ich wüsste gern Näheres über die Schäden an den Baumaschinen.«

»Und wie genau willst du an ihn rankommen?«, erkundigte sich das Mädchen.

»Ich sage, dass ich für eine Schülerzeitung arbeite und ihm gerne ein paar Fragen stellen würde.«

»Denkst du, dass er in der jetzigen Situation dafür die Nerven hat?«, wollte Bob wissen.

Justus zuckte die Achseln. »Wer nicht wagt, der nicht gewinnt. Ich versuche einfach, so überzeugend wie irgend möglich zu sein.«

»Na, dann bist du ja genau der Richtige für den Job«, erwiderte Peter grinsend. »Du könntest sogar einem Löwen ein Jahres-Abo Salatgurken verkaufen.«

Auch Justus lächelte. »Tante Mathilda und Onkel Titus sind

eben die besten Lehrmeister.« Nun wurde er wieder ernst. »Falls der Mann sich auf mich einlässt, halte ich es sogar für möglich, dass er in seinem jetzigen aufgewühlten Zustand Informationen preisgibt, die er bei kühlem Kopf zurückhalten würde. Wenn's nicht klappt, versuche ich es morgen noch mal bei Tag.«

Bob legte den Kopf schief. »Du sprichst die ganze Zeit nur von *dir*. Das Interview willst du also alleine führen?«

»Ja, ich halte es für besser, den Mann nicht zu viert zu überfallen.« Der Erste Detektiv blickte über das Gelände. »Außerdem müssen wir uns ohnehin aufteilen.«

»Verstehe«, erwiderte Alyssa. »An jeder Stelle, wo dieser Fisch-Freak heute Nacht auftauchen könnte, muss einer von uns Posten beziehen und Wache halten. Dann melde ich mich für den Wassertank.«

»Gut«, stimmte Bob zu. »Wenn Peter mit der Tankstelle einverstanden ist, übernehme ich den Drugstore. Vorher kann ich ja noch versuchen, einen der Reporter zu befragen.«

»Geht klar.« Peter wandte sich an Justus. »Viel Erfolg, Chef!«

»Gleichfalls. Sobald ich fertig bin, entscheide ich, ob ich zu jemandem von euch dazustoße oder am Zaun bleibe. Und denkt dran: Handys stumm und SMS nur im Notfall.«

Alyssa stutzte. »Handys stumm schalten leuchtet mir ja ein. Aber eine lautlos eingehende SMS?«

»Das Display würde aufleuchten«, erklärte Bob.

»Und das könnte uns in der Dunkelheit verraten, falls der Barrakuda-Mann in der Nähe ist – verstehe«, erwiderte das Mädchen. »Vielen Dank für die Aufklärung, Bobo.«

Unter den amüsierten Blicken seiner Freunde beugte sich der dritte Detektiv zu Alyssa vor und flüsterte ihr ins Ohr: »Wäre es möglich, dass du mich, zumindest für die Dauer dieses Falls, einfach nur Bob nennst?«

Ein breites Lächeln huschte über Alyssas Gesicht. Dann flüsterte sie: »In Ordnung ... *Bob.*«

Nachdem die vier sich getrennt hatten, näherte sich der dritte Detektiv den beiden Demonstranten-Gruppen, die inzwischen jeweils auf etwa drei Dutzend Personen angewachsen waren. Er hielt nach den vier Männern Ausschau, die er für Journalisten gehalten hatte. Tatsächlich waren drei von ihnen gerade selbst damit beschäftigt, Leute zu interviewen. Der vierte, ein untersetzter Mann mit hellbraunem Haar und schwarz-rotem Holzfällerhemd, stand ein wenig abseits und telefonierte. Bob konnte deutlich die Worte ›Redaktion‹ und ›Artikel‹ verstehen.

Als der Mann das Gespräch beendet hatte, trat der dritte Detektiv näher und hob grüßend die Hand. »Hallo, mein Name ist Bob, ich arbeite für eine Schülerzeitung. Hätten Sie vielleicht kurz Zeit für ein paar Fragen?«

»Soso, Schülerzeitung.« Missbilligend blickte der Reporter ihn an. »Hör zu, Kleiner, hier werden keine Storys geklaut. Jeder macht sein eigenes Ding, kapiert?« Er beugte sich so weit vor, dass Bob das Rasierwasser des Mannes riechen konnte. »Und jetzt zisch ab oder du kannst was erleben!«

Bob zuckte irritiert zurück. »Ich ... will Ihnen doch nichts klauen. Mir geht es nur um –«

»Jaja, schon klar«, erwiderte der Mann mit einer Mischung aus Spott und Unmut. Dann wandte er sich kopfschüttelnd ab. »Nicht zu fassen – jetzt schickt die Konkurrenz schon Minderjährige.« Wenige Sekunden später war er in die Gruppe der Gegendemonstranten eingetaucht.

»Na, das war ja mal ein Reinfall erster Klasse«, murmelte Bob und überlegte für einen Moment, es bei den anderen Journalisten zu versuchen. Doch einerseits vermutete er, dass er eine ähnliche Abfuhr erhalten würde, und andererseits hatte sich die Stimmung unter den Protestierenden doch wieder angespannt. Sie wirkte jetzt wie elektrisch aufgeladen, abweisend und feindselig. Handgreiflich wurde vorerst zwar niemand, allerdings war es nicht unwahrscheinlich, dass die Situation erneut kippen würde, wenn der falsche Magier plötzlich auftauchte. Darüber hinaus war es nicht ausgeschlossen, dass der falsche Tangury diesmal früher erschien als in den Nächten zuvor. Für diesen Fall musste der dritte Detektiv unbedingt bereit und auf seinem Posten sein. So drehte er um und machte sich auf den Weg zum Drugstore.

Kurz bevor Peter an der Tankstelle ankam, drehte er sich noch mal um und vergewisserte sich, dass ihn niemand beobachtet hatte. Plötzlich verharrte er irritiert. Am linken äußeren Rand der Baustelle, etwa siebzig Meter vom Tor und der Menge entfernt, in einem kaum erhellten Bereich zwischen den Lichtinseln zweier Laternen, hatte einer der Sicherheitsmänner von Satterfield eine Zaunlatte beiseitegeklappt. In der Öffnung flatterte etwas längliches Rotes, das kurz darauf verschwand. Dann schlüpfte der schmächtige Mann auf das Gelände der Baustelle.

»Verrückt – das ist ja fast wie bei unserem Grünen Tor«, murmelte der Zweite Detektiv, der unwillkürlich an ihren geheimen Bretterzaun-Zugang zur Freiluftwerkstatt auf dem Schrottplatz denken musste. »Aber was ergibt das für einen Sinn? Warum schleicht sich ein Angestellter von ›Satterfield‹ heimlich auf die Baustelle, wenn er jederzeit ganz offen reingehen kann?«

# Ruhe vor dem Sturm

Justus hatte sich dem Bauwagen bewusst langsam und im Schutz der Bäume genähert, damit keiner der Sicherheitsleute auf ihn aufmerksam wurde. Nun klopfte er. Überrascht zuckte der Erste Detektiv zusammen, als fast in derselben Sekunde die Tür aufgerissen wurde und ein hochgewachsener, grauhaariger Mann in Uniform auf ihn herabstarrte.

»Was willst du? Unbefugte haben keinen Zutritt«, knurrte er. Seine Augen funkelten grimmig.

»Das leuchtet mir vollkommen ein, Sir«, erwiderte Justus betont freundlich. »Darf ich mich dennoch erkundigen, ob ich kurz ihren Vorgesetzten sprechen kann?«

Der Hüne zögerte. Angesichts der Gewaltstimmung ringsum schien ihn die Höflichkeit des Besuchers zu irritieren. Schließlich wandte er den Kopf nach rechts und sagte: »Mr Wilmington, hier ist ein Junge, der fragt, ob Sie mit ihm sprechen würden.«

»Einer von den Schlägern?«, erklang eine aufgeregte Stimme.

Der Security-Mitarbeiter musterte den harmlos lächelnden Ersten Detektiv. »Eher nicht.«

»Na dann – bitte.«

Nun machte der Wachmann eine auffordernde Handbewegung in Richtung Innenraum.

»Herzlichen Dank.« Justus trat ein. In dem nur karg eingerichteten Raum saß der sichtlich nervöse Mr Wilmington an einem kleinen Schreibtisch und sog an einer Zigarette. Dem vollen Aschenbecher nach zu urteilen, war das heute nicht die erste Packung. Ob sein hochroter Kopf und sein verschwitztes Gesicht auf die Anspannung, die Hitze oder erhöhten Blutdruck zurückzuführen war, konnte Justus nicht beurteilen. Er tippte auf eine Kombination aus allem. Jedenfalls wirkte der Mann äußerst angeschlagen. Sein Krawattenknoten hatte sich ein gutes Stück gelockert und seine zerknitterte Anzugjacke wirkte im Licht der Deckenlampe längst nicht mehr so elegant wie noch vorhin. Das Namensschild des Mannes war nun gut zu lesen: *SATTERFIELD – Conrad Wilmington – Bauleiter.*

»Und?«, fragte er hektisch. »Was möchtest du? Hotdogs habe ich keine mehr.«

»Darum geht es mir nicht«, bekundete der Erste Detektiv. »Vielmehr würde ich mich gerne nach Ihrem persönlichen Eindruck bezüglich der jüngsten Ereignisse rund um die Baustelle erkundigen.«

»Mein persönlicher Eindruck?« Wilmington beugte sich ruckhaft vor und brüllte: »*Das* kann ich dir sagen: Mein Eindruck ist, dass hier alle den Verstand verloren haben!«

Selbst der Wachmann schien angesichts dieses plötzlichen Gefühlsausbruchs irritiert zu sein.

Nach einem kurzen Augenblick sank der Bauleiter in seinen Stuhl zurück. »Du lieber Himmel …«, seufzte er und wischte sich mehrmals über das Gesicht. Er zog seine Krawatte noch weiter auf, sodass sie nun eher an eine Schlinge erinnerte, in der sich der Mann verfangen hatte. Nach einem tiefen Durchschnaufen blickte Wilmington den Ersten Detektiv erschöpft an. »Du musst entschuldigen. Ich kenne mich schon selbst nicht mehr. Dieser verdammte Stress …« Er deutete auf einen Bürostuhl vor seinem Schreibtisch. »Aber bitte, setz dich.«

»Vielen Dank.« Betont ruhig und sachlich fügte Justus hinzu: »Sie dürfen sich sicher sein, dass ich für Ihre emotionale Ausnahmesituation vollstes Verständnis habe.«

Angesichts der erwachsenen Ausdrucksweise war der Mann sichtlich beeindruckt und er schien sich sogar ein wenig zu entspannen. Er richtete sich auf und schob seinen Krawattenknoten zurecht. Offenbar versuchte er, seine Gedanken zu sortieren. »Jetzt muss ich doch noch mal nachfragen. Du bist hier, *weil* …?«

»Ich schreibe für eine Schülerzeitung«, entgegnete Justus. »Und ich würde von Ihnen, einem Verantwortlichen der Baufirma, gerne erfahren, was Sie von der angeblichen Rückkehr des Zauberers Aden Tangury halten.«

Mr Wilmington ballte erbost die Fäuste. »Ein Wahnsinniger, der die Leute mit seinem Hokuspokus aufwiegelt!«

»Hokuspokus ist genau das Stichwort, um das es mir geht«,

erklärte Justus. »An meiner Schule sind diese Ereignisse Tagesgespräch. Mir liegt sehr daran, meinen Mitschülern vor Augen zu führen, dass hier keine übersinnlichen Kräfte am Werk sind und kein Toter aus dem Jenseits zurückgekehrt ist, sondern dass wir es mit einem rein menschengemachten Spektakel zu tun haben.«

»Klar ist das ein Mensch«, raunte der Bauleiter wütend. »Ein gewissenloser Mistkerl, der seine Anhänger allein durch sein Auftreten immer weiter dazu anstachelt, schwere Sachschäden an unserem Baumaterial anzurichten, um den Abriss des Hauses zu verhindern.« Mit gequältem Gesichtsausdruck schloss Wilmington die Augen. »Die Firmenleitung sitzt mir schon im Nacken, damit die Lage endlich unter Kontrolle kommt. Aber mehr, als die Sicherheitskräfte zu verdoppeln und im Notfall die Polizei zu rufen, kann ich ja nicht machen!«

Obwohl ihm der Mann durchaus leidtat, freute sich Justus doch gleichzeitig über dessen Redefluss. Der Erste Detektiv hatte mit seiner Vermutung recht gehabt, dass die momentane nervliche Belastung des Bauleiters dazu führte, dass er deutlich mehr als nur irgendwelche Standard-Floskeln von sich gab.

Nun griff Mr Wilmington nach einer silbern glänzenden Thermoskanne. Nachdem er den Deckelbecher bis zum Rand gefüllt hatte, zog der intensive Duft von Kamillentee durch den Bauwagen. »Dieser Mann ist das reinste Gespenst«, fauchte der Bauleiter, nachdem er einen großen Schluck genommen hatte. »Taucht auf, verschwindet. Taucht auf, verschwindet. Wir kriegen ihn einfach nicht zu fassen!« Er hielt zögernd inne. »Aber … das habe ich der Presse doch schon alles erzählt.«

»Nicht alles«, widersprach Justus. »Mir geht es nicht nur um die Magier-Erscheinungen, sondern auch um die konkreten Schäden, die ebenfalls in den letzten Nächten entstanden sind. Das ist ja ein weiterer wesentlicher Bestandteil der unschönen Geschehnisse rund um diese Baustelle.«

»Okay, warte kurz.« Der Bauleiter öffnete eine Schublade und holte einen Computerausdruck hervor. »In der Nacht des ersten Tangury-Auftritts, also vorgestern, wurden bei einem Radlader mit Axthieben alle Reifen aufgeschlitzt. Noch schlimmer war es beim Seilbagger. Da wurde die gesamte Fahrerkabine zertrümmert. Technischer Totalschaden.«

»Oh«, entfuhr es Justus. »Und die Maschinen befanden sich auf dem gesicherten Baugrund?«

»Selbstverständlich«, bestätigte Wilmington. »Ich habe meinen Leuten natürlich strikte Anweisung gegeben, während der nächtlichen Proteste das Tor durchgehend geschlossen zu halten. Also müssen diese Vandalen unbemerkt über den Zaun gestiegen und nach ihren Untaten auf demselben Weg geflüchtet sein.«

Justus blickte durch ein Fenster des Bauwagens. »Inzwischen haben Sie vermutlich nicht nur am Tor, sondern auch rund um den gesamten Zaun Wachleute postiert, richtig?«

Wilmington nickte. »Das war das Erste, was ich veranlasst habe. Aber trotzdem schaffen es diese Verbrecher, ungesehen zuzuschlagen. Das Gelände ist einfach zu unübersichtlich.«

Der Bauleiter trank einen weiteren großen Schluck seines Kamillentees. »Natürlich haben wir Anzeige gegen Unbekannt erstattet, aber bis jetzt konnte kein Täter gefasst werden.«

»Wie steht es mit Sicherheitskameras?«, fragte Justus.

»Die gibt es natürlich, aber die Anschläge fanden immer außerhalb der Sichtwinkel statt«, erklärte der Bauleiter.

»Verstehe ...«, murmelte Justus. Dann fragte er wieder laut: »Was ist denn in der letzten Nacht zerstört worden?«

Mr Wilmington seufzte und blickte wieder auf den Zettel. »Da hat es einen Baukompressor, eine Mörtelpumpe und einen Rotationsglätter erwischt. Alle drei Maschinen sind nicht mehr zu gebrauchen. Wer auch immer das getan hat, er wusste ganz genau, wie er größtmöglichen Schaden anrichten kann.«

»Demnach ein versierter Profi«, gab der Erste Detektiv zurück. »Können Sie denn schon die genaue Schadenssumme beziffern?«

»Darüber darf ich keine Auskunft geben«, wiegelte der Bauleiter ab. Nach längerer Pause fügte er an: »Aber wenn's so weitergeht, können wir hier alle einpacken. Und ich bin meinen Job los ...«

Währenddessen hatte sich Alyssa hinter einer der Stahlstreben des hochaufragenden Wassertanks in Lauerstellung gebracht, die Leiter nach oben stets im Blick. Da der Tank in Richtung Drugstore lag, hatte Bob sie begleitet. Die Baustelle war so weit entfernt, dass Einzelheiten kaum zu erkennen waren, außer dass beide Gruppen der Demonstranten weiter anwuchsen und es nach der kurzzeitigen Ruhe während der Hotdog-Ausgabe zusehends wieder lauter und aggressiver wurde.

»Warum?«, raunte das Mädchen wütend. »*Warum* kann man wollen, dass etwas so Tolles wie dieses Zentrum wegen des blöden Hauses eines toten Zauberer-Heinis verhindert wird? Das ist doch einfach nur hirnverbrannt! Ich könnte echt ausflippen …«

Bob lächelte ihr aufmunternd zu. »Wer auch immer dahintersteckt – wir werden es herausfinden.«

Peter patrouillierte unauffällig und in ausreichendem Abstand um die Tankstelle herum. Es herrschte wenig Betrieb, es fuhren vielleicht zwei oder drei Autos alle fünf Minuten vor. Hoch konzentriert spannte Peter seine Muskeln an. Wer auch immer diese Barrakuda-Show abzog – er musste unschädlich gemacht werden, um das Aufhetzen der gewalttätigen Tangury-Fans zu beenden. Bei laufendem Betrieb der Tankstelle konnte dieser Typ unmöglich aus derem Inneren über eine Dachluke nach oben gelangen, ohne gesehen zu werden. Er musste, wenn er hier zuschlagen wollte, also von außen hochklettern. Und dann würde Peter Shaw ihn überwältigen!

Bob hatte inzwischen einen Rundgang um den leer stehenden Drugstore begonnen. Der Blick auf die Baustelle und die Demonstranten konnte nicht besser sein. Die Frage war: Würde ›Baron Barrakuda‹ wirklich erneut erscheinen? Und, wenn ja, wo? Direkt über Bob, auf dem Dach? Aber auf welchem Weg sollte der Mann dort hinaufgelangen? Vom Inneren über eine Luke? Von außen mit einer Leiter? Dem dritten Detektiv durfte beides nicht entgehen.

Nervös blickte Conrad Wilmington auf eine Wanduhr. »Wann der Verrückte wohl heute auftaucht?« Er wandte sich an Justus. »Es ist besser, du gehst jetzt. Und wenn ich dir einen Rat geben darf: Halte dich von den Demonstranten fern. Da gibt es Typen, die zu allem fähig sind.«

»Dazu hätte ich noch eine letzte Frage«, griff der Erste Detektiv den Faden wieder auf. »Konnten Sie in den letzten beiden Nächten feststellen, ob es auch innerhalb der Demonstranten besondere Scharfmacher gibt, die die Menge aufwiegeln?«

Der Bauleiter runzelte die Stirn. »Nicht dass ich wüsste. Die sind alle gleich schlimm …« Wilmington drehte sich zu dem Wachmann um. »Lance, sind Ihnen bei den Typen da draußen irgendwelche Anstifter aufgefallen?«

Der Hüne schüttelte den Kopf. »Der einzige Aufhetzer ist dieser Zauberer.«

»Zauberer«, stieß der Bauleiter verächtlich aus. »Ein größenwahnsinniger Glatzkopf, eiskalt und gewissenlos! Und so ein Typ bedroht das ganze Bauprojekt. Es ist nicht zu fass–«

In diesem Moment ertönte ein donnerndes Krachen!

# Knall-Attacke

Der Sicherheitsmann riss die Tür des Bauwagens auf. Zwei Sekunden später standen Mr Wilmington und Justus an seiner Seite und schauten sich aufgeregt um. Erneut knallte es.

»Dort drüben!«, rief Justus und deutete nach links. Doch statt eines neuen Magier-Auftritts erblickten sie nur einige johlende Demonstranten, die abseits der Menge mit Böllern um sich warfen.

»Ein Hoch auf Tangury!«, kreischte eine etwa fünfundzwanzigjährige Frau in einem bunten Kleid, mit zwei langen, geflochtenen Zöpfen und einem dünnen Stirnband.

»Ein Hoch auf den größten Magier aller Zeiten!«, schlossen sich ihre Freunde begeistert an und warfen weitere Knallkörper. Bei einem senkrecht nach oben geschleuderten Böller war es pures Glück, dass er nicht direkt auf dem Kopf des Werfers explodierte. Die gesamte Gruppe machte einen reichlich betrunkenen Eindruck.

Conrad Wilmington ächzte. »Die machen mich fertig. Vollkommen fertig.« Mit gesenktem Kopf schlurfte er zum Schreibtisch zurück und ließ sich in seinen Drehstuhl fallen. Erneut griff der Bauleiter zu seinem Kamillentee. Diesmal trank er direkt aus der Thermoskanne. Danach wiederholte er leise: »Vollkommen fertig.«

Justus spürte, dass er keine weiteren Informationen bekommen würde, und hob zum Abschied die Hand. »Dann werde ich jetzt gehen. Nochmals herzlichen Dank, dass Sie sich trotz der widrigen Umstände Zeit für mich genommen haben.«

Die genuschelte Antwort des Bauleiters war nicht zu verstehen und Justus hakte auch nicht nach.

Als der erste Böller krachte, eilte Bob instinktiv in Richtung des Knalls zum nahen Wassertank hinüber, um sich zu vergewissern, dass mit Alyssa alles in Ordnung war. Nach wenigen Sekunden erkannte er jedoch, dass hier nicht Aden Tangury, sondern nur seine frenetischen Fans am Werk waren. Wie er mit einem Blick in Richtung Tankstelle feststellte, hatte auch Peter die Situation inzwischen erfasst. Mit heftiger Scheibenwischer-Geste vor dem Gesicht machte der Zweite Detektiv seinem Ärger Luft.

»Was für Vollpfosten!«, sagte Alyssa zornig. »Diesen Schwachköpfen würde ich gerne Fernando vorbeischicken. Der würde denen anständige Manieren beibringen.«

»Kann ich mir lebhaft vorstellen«, erwiderte Bob, der von früheren Beschreibungen wusste, dass Fernando nicht nur kräftig, sondern auch sehr auf Alyssas Sicherheit bedacht war.

»Am liebsten würde ich hier und jetzt die Fernando-Notfall-Taste drücken«, knurrte das Mädchen.

»Die was?«, fragte der dritte Detektiv irritiert.

Alyssa zog ihr Handy hervor. »Mit einem einfachen Tastendruck kann ich einen ›SOS‹-Ruf absetzen. Durch eine gegenseitig eingerichtete GPS-Tracking-Funktion kann Fernando mir dann zu Hilfe kommen. Das haben wir eingerichtet, nachdem ich vor einigen Monaten von zwei Betrunkenen belästigt worden war.« Das Mädchen seufzte. »Aber heute hätte das keinen Sinn. Fernando besucht gerade für zwei Tage seine Mutter in Santa Clarita und kommt erst morgen Nachmittag wieder zurück.«

Der dritte Detektiv ließ seinen Blick zu den Demonstranten schweifen. »Tja, dann müssen wir heute Nacht ohne die tatkräftige Hilfe deines Nachbarn auskommen …«

Als Justus den Bauwagen verließ, war es fünf Minuten nach Mitternacht. Von dem Magier war noch nichts zu sehen. Deshalb beschloss der Erste Detektiv, Mr Wilmingtons Rat zu ignorieren und den Versuch zu unternehmen, dem einen oder anderen Protestierenden Fragen zu stellen. Justus entschied sich zunächst für einen korpulenten Mann mit grauem Stoppelbart im Lager der Zentrumsbefürworter. Er war Ende fünfzig, trug einen weißen Cowboyhut und eine blaue Latzhose.

»Guten Abend«, begrüßte ihn Justus. »Ich arbeite bei einer Schülerzeitung und hole hier Meinungen ein. Darf ich fragen, was Sie dazu bewegt hat, heute an diesem Ort zu sein?«

»Eine ziemlich dämliche Frage«, brummte der Mann, jedoch ohne Aggression, eher resigniert. »Ich und wir alle hier«, er deutete auf seine Gruppe, »wollen die Zukunft des Zentrums retten.«

»Auch unter Anwendung von Gewalt?«, hakte Justus nach.

Ein zorniges Funkeln glomm in den Augen des Mannes auf. »Nicht *wir* machen hier Krawall – wir wehren uns nur gegen die Gewalt dieser Idioten.« Er blickte zu den Böller-Werfern hinüber. »So etwas ist doch nicht normal!«

Justus deutete auf den Bauzaun. »Und wie beurteilen Sie die Auftritte des angeblich zurückgekehrten Zauberers Tangury?«

»Na, alles nur Täuschung, um die Idioten anzustacheln!«

»Aber warum?«, wollte Justus wissen. »Es ist doch nur ein einfaches Haus, das dem Zentrum weichen muss.«

Der Mann streckte seinen Zeigefinger in Richtung der Tangury-Fans aus. »Frag nicht mich, sondern die da!«

Genau das tat Justus, nachdem er sich von dem Mann verabschiedet hatte. Am linken Rand der Tangury-Protestgruppe entdeckte er den älteren Herrn mit der ›Detroit Lions‹-Schirmmütze, der ihnen in den Videos aufgefallen war. Momentan benahm er sich eher zurückhaltend, hielt lediglich sein großes »ZENTRUM – NEIN!«-Schild in die Höhe. Justus entschied sich, einen Vorstoß zu wagen. Bei der Befragung der Tangury-Fans wollte er jedoch nicht als Reporter einer Schülerzeitung auftreten, sondern hatte sich etwas anderes zurechtgelegt. »Entschuldigen Sie, Sir«, setzte der Erste Detektiv an.

Der Weißhaarige musterte ihn mürrisch. »Ja?«

»Es ist so: Ich plane, ein Komitee zusammenzustellen, um unsere Interessen hinsichtlich des Erhalts von Tangurys Haus zu bündeln und bestmöglich in der Öffentlichkeit darzustellen.«

Mit vielem hatte Justus gerechnet, aber nicht mit der nun folgenden Antwort.

»Tangury – pah!«, zischte der Mann. »Der ist mir doch vollkommen egal!«

Überrascht blickte der Erste Detektiv ihn an. »Wären Sie so freundlich, das zu präzisieren?«

»Da gibt's nicht groß was zu präzisieren.« Der Mann machte mit seinem Arm einen großen Bogen und deutete mit dem Zeigefinger schräg hinter sich über das Baugelände hinweg. »Da auf der anderen Seite wohne ich, in einer schönen Drei-Zimmer-Wohnung im zweiten Stock mit Balkon. Und in den letzten Jahrzehnten war es dort mit diesem Riesengrundstück vor der Tür wunderbar ruhig und beschaulich.«

Justus begann zu verstehen, worauf der Mann hinauswollte. »Und jetzt befürchten Sie, dass es mit der Ruhe vorbei wäre, wenn das Zentrum seine Tore öffnet.«

Sein Gegenüber nickte energisch. »Da kannst du einen drauf lassen, mein Junge! Von morgens bis abends wäre hier der Teufel los! Massenhaft schwatzende Erwachsene, schreiende Kinder und brüllende Sportverrückte!«

Insbesondere das letzte Beispiel wunderte den Ersten Detektiv angesichts der offenkundigen Football-Begeisterung des Mannes. Aber vermutlich tolerierte er Sport nur im Fernsehen, wenn er die Lautstärke herunterdrehen konnte.

»Und dann der ganze Autokrach«, ergänzte der Mann. »Das alles wäre eine einzige Lärmhölle! Da kann ich mir auf dieser verdammten Baustelle auch gleich mein Grab schaufeln!«

Nach kurzem Zögern entgegnete Justus: »Von den Argumenten der Gegenseite, insbesondere der Aufwertung der Gegend und den schönen Angeboten für die Menschen hier, halten Sie demnach nichts?«

»Ach, mit diesem Gutmenschen-Kram können die mir gestohlen bleiben!«, keifte der Mann. »Und von wegen Aufwertung: Ich bin Rentner und habe mein Auskommen mit meinem Einkommen. Alles, was ich will, ist: MEINE RUHE!«

Beschwichtigend hob Justus die Hände. »Kein Grund zur Aufregung, Sir. Sie haben mir Ihren Standpunkt unmissverständlich dargelegt.« Tatsächlich befürchtete der Erste Detektiv, dass ausgerechnet er nun dazu beitrug, die Atmosphäre anzuheizen. Deshalb entschied er sich zum Rückzug.

Mit einem »Weiterhin alles Gute« verabschiedete er sich und ging auf eine circa dreißigjährige Frau mit gelbem Sweatshirt zu, die in einem großen Rucksack wühlte.

»Verzeihen Sie, Madam. Darf ich Ihnen eine Frage –«

»Ich hab's schon mitbekommen – du willst ein Komitee für unser Anliegen gründen, gute Idee«, erklärte die Frau, ohne den Blick vom Rucksack abzuwenden. Sie senkte die Stimme. »Wenn's so weit ist, sollten allerdings Typen wie dieser alte Knacker ausgeschlossen werden.« Sie verzog entrüstet die Mundwinkel. »Der hat ja mit Aden Tangury null Komma gar nix zu tun.«

»Ich werde persönlich dafür sorgen«, erwiderte der Erste Detektiv beflissen. »Jetzt aber noch zu einem anderen Punkt. Bei unserer Öffentlichkeitsarbeit wird es wichtig sein, passgenau auf die Vorwürfe der Gegenseite zu reagieren. Wie würden Sie zum Beispiel auf die Frage antworten: Warum stellen Sie und Ihre Mitstreiter sich mit solcher Heftigkeit gegen den Bau des Einkaufs- und Begegnungszentrums? Anders gefragt: Wieso können Sie sich nicht damit arrangieren, dass das Haus eines vor vielen Jahrzehnten verstorbenen Zauberers abgerissen wird?«

»Ich kann dir *ganz genau* sagen, was ich darauf antworten würde«, gab die Frau zurück und holte tief Luft. Dann fauchte sie: »Habt ihr nicht mehr alle Tassen im Schrank?« Sie schien aufrichtig empört zu sein. »Spätestens seit der vorletzten Nacht ist doch glasklar: Aden Tangury, der größte aller Magier und Baron der Barrakudas, ist nicht tot! Er hatte sich nur für eine gewisse Zeit in eine andere Dimension zurückgezogen und ist nun zurückgekehrt, um seine Wohnstätte zu verteidigen – mit *unserer* Hilfe!«

Angesichts dieser erstaunlichen Aussage hielt der Erste Detektiv kurz inne. Dann schob er zögernd eine letzte Frage nach: »Und … wie weit würden Sie gehen, um den Abriss des Hauses zu verhindern?« Die Frau blickte ihn mit todernster Miene an. Justus war nur schwer aus der Ruhe zu bringen, aber die folgende Antwort ließ ihm einen Schauer über den Rücken laufen.

»Bis zum Letzten.«

# Turm-Erscheinung

Wutschnaubend wühlte die Frau noch hektischer in ihrem Rucksack herum und zischte: »Verdammt, wo ist es denn? Ich muss denen klarmachen, dass wir diesen Ort wirklich mit allen Mitteln verteidigen werden …«

Justus wollte lieber nicht abwarten, bis sie fand, was sie suchte, da es sich gewiss um nichts Gutes handelte. Inzwischen hatte er wirklich das Gefühl, dass er mit seinen Fragen die Gesamtsituation nur noch weiter verschärfte. Also verabschiedete er sich rasch und ging.

Nach ein paar Metern spürte er plötzlich eine Berührung an der Schulter. Als er sich umwandte, blickte er in das Gesicht eines etwa gleichaltrigen Jungen mit schwarzer Lockenmähne und grünem Tangury-T-Shirt.

»Ich habe euer Gespräch mitbekommen.« Er deutete mit einer Kopfbewegung an, dass er mit Justus einige Schritte beiseitetreten wollte.

Als sie sich ein wenig abgesetzt hatten, raunte der Junge: »Du darfst nicht alles ernst nehmen, hier gibt es viele Spinner. Solche Leute sollten bei deiner Komitee-Arbeit auf keinen Fall als typische Beispiele für uns erscheinen.«

»Aha.« Der Erste Detektiv hob die Augenbrauen. »Daraus schließe ich, dass du nicht zu ›solchen Leuten‹ gehörst.«

»Natürlich nicht«, bekundete der Junge. »Ich bin zwar Fan von Tangury, aber deshalb nicht dämlich. Natürlich zieht da jemand eine Show ab. Und dazu sage ich nur: Glückwunsch und weiter so! Das Entscheidende an der ganzen Sache ist doch das Ziel: die Rettung des Hauses.«

Justus freute sich zwar, mit einem halbwegs vernünftigen Zauberer-Anhänger zu sprechen, konnte dessen Beweggründe aber immer noch nicht nachvollziehen. Natürlich sagte er das nicht, schließlich musste er in seiner Rolle bleiben.

Zum Glück schob der junge Mann ganz von selbst nach: »Tangury war ein genialer Zauberer, der eine besondere Rolle hier in Burbank gespielt hat. Sein Vermächtnis und Andenken muss man einfach bewahren – gegen alle Widerstände. Diese Stätte ist Legende!«

Justus verengte die Augen. »Und hältst du Gewalt für ein legitimes Mittel bei der Umsetzung dieses Vorhabens?«

Sein Gegenüber wirkte aufrichtig erstaunt. »Ich? Auf keinen Fall!« Dann zuckte er die Achseln. »Aber wenn die Wirrköpfe hier mit Randale zum Erfolg kommen, soll's mir recht sein.«

»Verstehe …«, entgegnete Justus, obwohl das ganz und gar nicht der Wahrheit entsprach.

Nachdem sich der Erste Detektiv auch von diesem Demonstranten verabschiedet hatte, entschied er sich dafür, einen unauffälligen Rundgang um die gesamte Baustelle zu machen. Dabei wurde ihm bewusst, dass das Gelände noch riesiger war, als er angenommen hatte. Es hätte einer Hundertschaft an Wachleuten bedurft, um den gesamten Zaun zu kontrollieren. Da womöglich auch in dieser Nacht Sabotage-Akte an Baumaschinen erfolgen würden, beschloss der Erste Detektiv, seine Patrouille fortzusetzen. Doch es ereignete sich nichts auch nur annähernd Bemerkenswertes.

Als Justus sich schließlich von der anderen Seite wieder der Demonstrationszone näherte, war es mittlerweile halb zwei. Die Gruppe der Zentrums-Befürworter war sichtbar kleiner geworden. Die eingefleischten Tangury-Fans warteten hingegen unerschütterlich auf die Rückkehr ihres Meisters. Auf Höhe des Bauwagens von Mr Wilmington hielt der Erste Detektiv plötzlich inne. Aus irgendeinem Grund fühlte er sich beobachtet. Und tatsächlich: In ein paar Metern Entfernung, also deutlich abseits von ihrer Demonstrantengruppe, lehnte eine Frau mit Barrakuda-T-Shirt am Bauzaun und schaute intensiv zu Justus rüber. Rasch senkte sie nun den Blick und zupfte an einer selbst gedrehten Zigarette herum. Sie war circa dreißig Jahre alt, hatte hüftlange feuerrote Haare, in die kleine gelbe Schleifen eingeflochten waren, und trug trotz der Dunkelheit eine blaue Sonnenbrille. Ihre Augenbrauen waren in markant hohem Bogen geschwungen und auf ihrer linken Wange war ein längliches Muttermal zu erkennen.

Gerade als Justus beschloss, einfach hinzugehen und sie zu

fragen, ob und warum sie ihn beobachtete, wandte sich die Rothaarige plötzlich den Tangury-Fans zu, hob winkend die Hand und rief: »Alles klar – ich komme!« Dann lief sie zu den Demonstranten zurück.

Diese Aktion verstärkte den Argwohn des Ersten Detektivs, denn aus der Menge war keinerlei Zuruf erfolgt. Doch bevor Justus einen weiteren Gedanken fassen konnte, brach von einer Sekunde zur anderen die Hölle los. Sämtliche Tangury-Anhänger drehten durch. Jubel, Schreie, tosender Applaus. Und die Blicke aller Leute waren auf den Wassertank gerichtet!

Entgeistert sah Justus, wie eine grell leuchtende Gestalt in atemberaubender Geschwindigkeit auf der nur knapp einen Meter breiten Umrandung des runden Tankdachs entlangrannte. Immer wieder rundherum, rundherum, rundherum. Kurz schoss dem Ersten Detektiv die Erinnerung an das hell leuchtende Karussellgespenst durch den Kopf, dem die drei ??? bei ihrem Abenteuer auf der Geisterinsel begegnet waren. Er hob intuitiv sein Handy, zoomte heran und filmte den Lichtläufer. Er hatte eine gute Position für seine Aufnahmen. Viel besser, als wenn er direkt unter dem Tank wäre wie … Alyssa! Warum hatte sie keinen Alarm geschlagen? War sie vom falschen Tangury überwältigt worden?

Voller Sorge stürmte Justus los und spürte, wie hinter ihm auch die grölenden Demonstranten allmählich in Bewegung gerieten. Auf halbem Weg zum Wassertank stieß er auf seine herbeieilenden Freunde, denen ebenfalls Sorge und Verwirrung ins Gesicht geschrieben standen.

»Wir müssen uns beeilen!«, keuchte Justus. »Die Meute ist gleich hier!« Tatsächlich wogte hinter ihnen eine Welle aus Handy-Lichtern heran. Den Jungen würden nur wenige Augenblicke bleiben, um die Situation zu erfassen, bevor alles voller Tangury-Fans wäre.

Endlich waren sie in Sichtweite der Leiter. »Da ist Alyssa!«, entfuhr es dem überraschten Ersten Detektiv. »Wieso steht sie denn da nur rum?«

In diesem Moment erreichte Peter, der Sportlichste der drei Jungen, als Erster den Wassertank. Ohne eine Sekunde zu zögern, eilte er an dem wie erstarrt dastehenden Mädchen vorbei und begann, hastig die einzige Leiter hinaufzuklettern.

»Peter – mach keinen Blödsinn!«, rief Justus besorgt.

»Mach ich nicht!«, kam von oben die Antwort. »Ich schneide dem Kerl nur den Fluchtweg ab! Versucht einfach, mir den Rücken frei zu halten!«

»Der hat gut reden«, murmelte Bob. »Wie sollen wir denn zig verrückte Fans stoppen, die zu ihrem Idol raufwollen?«

Jetzt hatten auch er und Justus den Tank erreicht. Schnaufend starrte Justus Alyssa mit großen Augen an und hob einfach nur fragend die Schultern.

Das Mädchen war völlig durcheinander. »Niemand … war an der Leiter. Ich habe die ganze Zeit aufgepasst.« Sie blickte zum Dach des Tanks hinauf, von dem immer noch Lichtblitze hinabzuckten. »Der Typ war auf einmal da oben – wie aus dem Nichts. So als wäre er aus dem Himmel gesprungen.«

»Du liebe Güte …«, raunte Justus, verzichtete jedoch auf

Nachfragen, für die ohnehin keine Zeit mehr war. Die Tangury-Anhänger waren nur noch wenige Meter entfernt.

Instinktiv rückten Alyssa, Bob und Justus eng aneinander und verschränkten die Arme hinter den Streben der Leiter, um ein möglichst starkes Hindernis zu bilden. Dennoch würden sie der wilden Horde höchstens für wenige Augenblicke standhalten können. Es kam nicht oft vor, aber Justus verspürte in diesem Moment tatsächlich Furcht. Nicht seinetwegen, sondern wegen Alyssa und seiner Freunde, die er vor dem Ansturm nicht beschützen konnte. Eine einzelne Person oder auch eine kleine Gruppe hätte er mit seinem herausragenden Redetalent vielleicht umstimmen können, aber bei einer so großen Menschenmasse war das unmöglich. Niemand von denen wollte diskutieren. Sie alle wollten Tangury.

Immer wieder erschallten begeisterte »Rauf! Rauf!«-Rufe. Die ersten Demonstranten hatten die Leiter inzwischen erreicht und zerrten heftig an den Schultern des blockierenden Trios. Die Situation wurde zunehmend brenzlig.

Doch dann trat eine entscheidende Änderung der Lage ein. Mit laut heulender Sirene schoss ein Streifenwagen heran und hielt direkt vor den Demonstranten. Aus dem Auto sprangen zwei Polizisten, die linke Hand hoch erhoben, die rechte Hand am Holster ihrer Dienstpistole.

»Bleiben Sie zurück!«, brüllte einer der Beamten. »Dieser Wassertank ist Besitz der Stadt Burbank! Betreten verboten!«

»Jede Zuwiderhandlung ist strafbar und wird geahndet!«, ergänzte sein Kollege nicht minder lautstark.

Trotz der aufgeheizten Stimmung zeigten diese Ansagen unmittelbare Wirkung. Die Menge war vollkommen zum Stillstand gekommen. Selbst die nicht mehr ganz nüchternen Fans schienen zu wissen, dass man sich mit der Polizei lieber nicht anlegen sollte.

»Verlassen Sie dieses Gelände oder Sie müssen die Konsequenzen tragen!«, verkündete der erste Beamte. »Wenn Sie nicht Folge leisten, ist in fünf Minuten ein Großaufgebot hier!«

Nach einigen Sekunden sagte die Frau, die Justus vorher interviewt hatte: »Kommt, wir gehen. Tangury ist sowieso in sein Reich zurückgekehrt.«

Überrascht blickten Alyssa, Justus und Bob nach oben. Tatsächlich lag das Dach des Tanks nun in völliger Dunkelheit.

Langsam zogen sich die Protestler zurück.

Mit finsterer Miene wandten sich die Beamten um.

»Ihr auch. Los, verschwindet!«, befahl der zweite Officer.

»Wir werden Ihrer Anweisung natürlich Folge leisten«, bekundete Justus. »Aber unser Freund befindet sich noch da oben auf dem Tank.«

»Euer Freund? Das ist ja interessant.« Die Augen des ersten Polizisten verengten sich, bevor er mit scharfer Stimme feststellte: »Dann steckt *ihr* also hinter diesem Zauber-Spuk!«

# Polizei!

Justus lief es kalt den Rücken herunter. Die Situation war so vertrackt wie selten. Für die Polizisten musste es in der Tat so aussehen, als wenn die drei ??? und Alyssa in die Tangury-Aktionen verstrickt waren.

Abwehrend hob der dritte Detektiv die Hand. »Das ist ein Missverständnis.«

»Jaja, der Klassiker unter den Ausreden.« Der Miene des zweiten Officers war überdeutlich anzusehen, dass er kein Wort glaubte.

»Mein Freund sagt die Wahrheit«, klinkte sich Justus ein. »Mit dem angeblichen Magier oder den Aktionen der Demonstranten haben wir nichts zu tun, im Gegenteil. Wir wollen den falschen Tangury entlarven. Ruhig, sachlich und mit stets nüchternem Blick auf das gesamte Geschehen.«

»*Wow*, ein sensationeller Meistertrick!«, erschallte nun von oben Peters Ausruf.

Die Polizisten blickten mit vielsagender Miene in die Höhe.

»Ruhig und sachlich, aha.« Der zweite Officer lächelte sarkastisch und verschränkte die Arme vor der Brust.

Justus wusste, dass jetzt Überzeugungsarbeit gefragt war. Und das machte es notwendig, im wahrsten Sinne des Wortes die Karten auf den Tisch zu legen. »Gestatten Sie?« Er deutete auf die Gesäßtasche seiner Jeans, um sicherzugehen, dass die Beamten es nicht falsch interpretierten, wenn er nun hineingriff und etwas hervorholte. Sie könnten denken, dass er eine Waffe zückte, und so etwas konnte schlimme Folgen haben.

»Aber langsam«, mahnte der erste Polizist, der seine rechte Hand erneut am Einsatzgürtel hatte. »Keine Dummheiten.«

»Keine Dummheiten.« Justus zog eine seiner Visitenkarten heraus und reichte sie dem Officer. »Wir sind Detektive und haben den Auftrag erhalten, den seltsamen Geschehnissen hier an der Baustelle auf den Grund zu gehen.«

»Das stimmt«, sagte Alyssa. »Ich habe die Jungs beauftragt.«

»Soso, Teenager beauftragen Teenager, Straftaten aufzuklären«, erwiderte der zweite Beamte spöttisch.

Bevor jemand antworten konnte, kam Peter den Pfeiler heruntergeklettert. »Guten Abend«, wandte er sich an die Polizisten. »Wie gut, dass Sie eingreifen konnten.« Er stutzte angesichts des gereizten Gesichtsausdrucks der Männer. »Äh … stimmt etwas nicht?«

»Jaaa, hier stimmt so einiges nicht.« Der erste Polizist beäugte die Visitenkarte. »Soll das ein Witz sein? So eine Karte kann sich doch jeder selber drucken.«

»Das ist zweifellos richtig«, gab Justus zu. »Aber Sie können gerne im Polizeipräsidium von Rocky Beach bei Inspektor Cotta nachfragen. Er wird Ihnen bestätigen, dass wir schon oft bei der Aufklärung von Kriminalfällen mitgewirkt haben.«

Cotta war ein Vertrauter der Detektive. Was Justus lieber nicht erwähnte, war die Tatsache, dass der Inspektor auch oft genug schwer genervt von ihnen war, gerade wenn sich die drei ??? in Angelegenheiten einmischten, die seiner Meinung nach Sache der Polizei waren.

Mit skeptischem Gesichtsausdruck wechselte der Beamte einen Blick mit seinem Kollegen.

Dieser zuckte die Schultern. »Schaden kann's ja nicht.«

Zur Erleichterung des Quartetts hatte Inspektor Cotta Nachtdienst und war problemlos zu erreichen. Nach kaum einer Minute verabschiedete sich der erste Beamte von ihm mit den Worten: »Vielen Dank für die Aufklärung.« Dann reichte er Justus das Mobiltelefon. »Mein Kollege aus Rocky Beach möchte dich sprechen.«

Mit einem mulmigen Gefühl in der Magengegend nahm der Erste Detektiv das Handy entgegen. Er konnte sich gut vorstellen, dass der Polizeichef von Rocky Beach wenig erfreut von der Situation war. »Ja, Sir?«

»Ich mach's kurz«, ertönte die tatsächlich gereizt klingende Stimme des Inspektors. »*Was* macht ihr mitten in der Nacht unter gewaltbereiten Demonstranten vor und *auf* einem Wasserturm in Burbank?«

»Das … ist zugegebenermaßen nicht so einfach zu erklären«, räumte Justus ein. »Wenn es für Sie okay ist, werde ich

Ihnen den gesamten Sachverhalt so zeitnah wie möglich darlegen.«

»Immer dasselbe …« Cotta gab ein lang gezogenes Grummeln von sich. »Ich nehme dich beim Wort, Justus Jonas. Zeitnah. Nicht in ein paar Tagen oder ein paar Wochen, sondern *sehr* bald! Und hoffentlich *sehr* überzeugend!«

Nachdem Justus das Handy zurückgegeben hatte, trat der erste Officer auf ihn zu. »Detektive, gut und schön. Aber auch ihr müsst euch an das Gesetz halten. Eine Aktion wie gerade –«

Weiter kam der Beamte nicht, denn plötzlich erschallte aus Richtung der Baustelle der gellende Ausruf: »POLIZEI! SCHNELL!«

Sofort wirbelten die Männer herum und eilten zum Bauzaun.

»Das war Mr Wilmington«, stellte Justus alarmiert fest. »Es muss wieder etwas passiert sein!«

»Los, hin!« Peter hatte sich bereits in Bewegung gesetzt.

»Aber wir müssen Abstand halten«, mahnte Bob.

»Ja, wir dürfen uns keinen neuen Ärger einhandeln«, erwiderte Alyssa. »Sonst werden die Polizisten richtig ungemütlich.«

»Korrekt«, stimmte der Erste Detektiv zu. »Und was mich betrifft, so sollte ich auch zu Mr Wilmington eine gewisse Distanz wahren. Andernfalls besteht die Gefahr, dass er doch noch misstrauisch wird.«

»Also hat's mit deinem Gespräch geklappt?«, fragte Peter.

»Ja, aber dazu später mehr.«

Während sich die vier in einem ausreichend großen Bogen dem Ort näherten, an dem die beiden Officer gerade beim

Bauleiter eintrafen, wandte sich Alyssa neugierig an Peter. »Was war denn nun da oben?«

»Na, nix!«, erwiderte der Zweite Detektiv. Ihm stand die Ratlosigkeit deutlich ins Gesicht geschrieben. »Als ich ankam, war keine Menschenseele mehr auf dem Turm.«

Bob blinzelte entgeistert. »Aber … Sekunden vorher ist der Lichtertyp doch noch da oben rumgetobt. Wie kann er dann jetzt –«

»Auch das wird später zu besprechen sein«, wiegelte Justus ab. »Jetzt ist hier volle Konzentration gefragt!«

Inzwischen hatte das Quartett hinter zwei ausladenden Koniferen eine gute Position in Hörweite der Männer erreicht. Die Polizisten und der Bauleiter standen, etwa fünfzig Meter vom Einfahrtstor entfernt, vor einem gewaltigen Metallcontainer, dessen Deckel auf der Oberseite heruntergeklappt war. Der Container war so weit von der nächsten Laterne entfernt, dass sowohl Wilmington als auch die Polizisten starke Taschenlampen zur Hand nahmen, um für Beleuchtung zu sorgen.

Der Großteil der Demonstranten hatte das Gelände rund um die Baustelle bereits verlassen, sicherlich auch wegen des eingetroffenen Streifenwagens. Darüber hinaus gingen die meisten nach den Erfahrungen mit den letzten zwei Auftritten wohl davon aus, dass der Magier in dieser Nacht kein weiteres Mal auftauchen würde. Nur noch eine Handvoll Protestler und Reporter versuchten, einen Blick auf das jetzige Geschehen am Container zu werfen. Sie wurden von den ›Satterfield‹-Sicherheitsleuten jedoch erfolgreich abgedrängt.

»Aufgebrochen – mit roher Gewalt!«, war jetzt wieder Conrad Wilmingtons entsetzte Stimme zu hören.

»Wurde etwas entwendet?«, fragte der erste Officer.

Die Stimme des Bauleiters überschlug sich fast. »Nichts wurde entwendet – es wurde *alles vollständig ruiniert*!«

»Oje«, raunte Alyssa. »Der Ärmste steht ja kurz vor einem Herzinfarkt.«

»Versuchen Sie bitte, sich zu beruhigen«, bat der zweite Polizist. »Wie genau ist der Sachverhalt?«

Mr Wilmington atmete kurz durch, sein Gesicht war jedoch immer noch hochrot. »In dem Container befinden sich Stahlbetonplatten, Natursteinfliesen und hochwertiges Dämmmaterial in einem Wert von über hunderttausend Dollar.«

»Huii«, flüsterte Peter.

»Bitte, sehen Sie selbst«, forderte der Bauleiter die Beamten auf und wies auf eine Klappleiter neben dem etwa zwei Meter hohen Container.

Erst der eine, dann der andere Polizist kletterte nun die Leiter hinauf und schaute mit angespannter Miene ins Innere des gewaltigen Metallbehälters.

Die drei Detektive und Alyssa konnten natürlich nicht sehen, was die Officer da in Augenschein nahmen, aber nach deren verzogenem Gesichtsausdruck zu urteilen, war es ziemlich übel.

»Für … was halten Sie das?«, erkundigte sich der zweite Beamte, der immer noch oben auf der Leiter stand.

Der Bauleiter strich sich mehrmals fahrig durchs verschwitzte und stark zerzauste Haar. Vom Seitenscheitel keine Spur mehr. »Genau kann ich das noch nicht sagen. Aber Farbe, Konsistenz und Geruch dieses Zeugs sprechen für irgendeine Zementmischung, angereichert mit Buttersäure oder einem ähnlichen Stoff.«

»Deshalb dieser grässliche Geruch nach Schweiß und Erbrochenem«, folgerte der erste Polizist.

»Diese Verbrecher müssen das Zeug literweise da reingekippt haben«, stellte Wilmington mit bebender Stimme fest. »Was sind das bloß für Unmenschen?«

»Du lieber Himmel«, entfuhr es Justus im Flüsterton. Er war sichtlich erschüttert. »Ein solch tückischer Spezialzement ist in der Tat nicht entfernbar, ohne das Baumaterial zu zerstören. Und selbst wenn es teilweise gelingen sollte – den Gestank kriegt man nie wieder raus.«

Alyssas Miene war nun so finster wie die Nacht. »Dann ist das Zeug also rettungslos verloren und taugt nur noch zum Wegschmeißen …«

# Konfrontation

»Und Sie haben immer noch keinen Verdacht, wer für diese Anschläge verantwortlich ist?«, fragte der zweite Officer.

Der Bauleiter schüttelte den Kopf. »Außer dass es garantiert einer dieser elenden Tangury-Fans ist, nein.«

Wütend ballte Alyssa die Fäuste. »Schon wieder ein riesiger Rückschlag für unser Zentrum. Diese Mistkerle …«

Plötzlich beugte sich der Polizist auf der Leiter vor und zog mit einiger Mühe einen Gegenstand aus dem Container. Aus der Entfernung konnte das Quartett jedoch nicht erkennen, was es war.

»Wissen Sie, ob das einem Ihrer Mitarbeiter gehört?«, fragte der Officer Mr Wilmington.

Nach kurzer Pause schüttelte der Bauleiter den Kopf. »Nicht dass ich wüsste. Auf der Baustelle tragen ja alle Schutzhelme.« Er verharrte. »Halten Sie das … für ein Beweisstück?«

Der Beamte stieg die Leiter hinunter und hielt Wilmington den Gegenstand hin. »Wenn auch die Oberfläche mit der Zementsubstanz bedeckt wäre, würde ich sagen, nein. Dann hätte die Kappe auch schon vor Tagen hineingelangt sein können. Aber sie ist ausschließlich an der Unterseite mit der Flüssigkeit getränkt.«

»Sie ist also erst in den Container gefallen, *nachdem* der Anschlag erfolgt war«, ergänzte der erste Polizist. »Wir sollten uns jetzt direkt die Aufnahmen der Videokameras ansehen.«

Der Bauleiter ließ seinen Blick schweifen. »Da kann ich Ihnen nicht viel Hoffnung machen. Wenn ich es richtig einschätze, befindet sich der Container in einem toten Winkel.«

»Dennoch müssen wir die heutigen Aufnahmen kontrollieren«, erwiderte der zweite Beamte. »Vielleicht erkennen wir den Kappenträger auf früheren Bildern.« Der folgende Satz des Polizisten ließ die drei ??? und Alyssa aufhorchen. »Schließlich dürfte es hier nicht viele Leute geben, die eine Schirmmütze der ›Detroit Lions‹ tragen.«

»Das gibt's doch nicht«, zischte Bob. »Das ist die Kappe von dem Typen mit dem ›ZENTRUM – NEIN!‹-Schild!«

Justus nickte. »Und durch ein Gespräch mit ihm weiß ich, dass es ihm überhaupt nicht um Tangury geht. Er will den Bau nur deswegen verhindern, weil er glaubt, dass das Zentrum zu viel Krach machen wird.«

Alyssa war völlig außer sich. »Um seine Rentner-Ruhe zu haben, will dieser Idiot also die Zukunft unseres Viertels zerstören!«

»Bitte keine voreiligen Schlüsse«, forderte Justus.

»Da drüben!«, zischte der Zweite Detektiv plötzlich und

deutete auf eine Gestalt, die in etwa zwanzig Metern Entfernung hinter einer mit Graffiti besprühten Werbetafel kniete. »Ist das nicht der Kapuzentyp?«

»Ja, das ist er!«, gab Bob zurück. »Aber was macht er da?«

»Ich versuch's rauszufinden – ihr bleibt hier«, bestimmte Peter und machte sich in geduckter Haltung auf den Weg. Doch die Aktion lief nicht gut – im wahrsten Sinne des Wortes. Beim Heranschleichen stieß der Zweite Detektiv in der Dunkelheit mit dem Fuß gegen eine herumliegende Blechdose, die beim Davonrollen laut schepperte. Als der aufgeschreckte Kapuzenmann daraufhin bemerkte, dass sich jemand an ihn heranpirschte, ergriff er auf der Stelle die Flucht. Leise fluchend folgte ihm Peter, doch der Unbekannte war erstaunlich schnell. Zu schnell. Und er kannte sich in diesem Viertel von Burbank offenbar bestens aus. Bereits nach wenigen Minuten war er in der Dunkelheit verschwunden und Peter musste die Verfolgung abbrechen. Wütend und enttäuscht kehrte er zurück.

Seine Freunde und Alyssa hatten sich inzwischen zur Rückseite der Tankstelle begeben, da man dort ungestört reden konnte, ohne gesehen zu werden.

»Peter?«, fragte Justus überrascht, als der Zweite Detektiv eintraf. »Ich wollte dir gerade eine Textnachricht schicken, damit du später weißt, wo du uns finden kannst. Aber so schnell, wie du wieder zurück bist … war das wohl nichts bei dir?«

»Neiiiiin«, erwiderte Peter gedehnt. »Das war nichts. Der Typ ist so schnell wie Speedy Gonzales und kann sich genauso gut verstecken. Aber zwei Dinge konnte ich zumindest erkennen.«

»Nämlich?«, horchte Alyssa auf.

»Der Kerl mit dem Kapuzenpullover ist definitiv der Mann aus dem Video. Und ich weiß jetzt auch, warum er sich während des Tangury-Auftritts so seltsam verhalten hat. Er starrte nämlich nach *unten*, um zu sehen, was *oben* vor sich ging.«

»Das kapiere ich nicht«, bekundete Bob irritiert.

»Wenn man's weiß, ist es ganz einfach«, erklärte der Zweite Detektiv. »Bevor mir der Typ entkommen ist, konnte ich in seiner einen Hand eine Fernbedienung mit Bildschirm erkennen und in der anderen Hand eine kleine Kameradrohne.«

»Aha!«, entfuhr es Justus. »Zwar ist es für endgültige Schlussfolgerungen noch zu früh, aber es besteht eine nicht geringe Wahrscheinlichkeit, dass der Mann in die Sache verwickelt ist und mit seinem Mini-Luftfahrzeug beobachtet, was vor und auf der Baustelle passiert. Zum Beispiel, wo sich die Wachleute gerade aufhalten. Vermutlich verfügt das Gerät über eine Nachtsichtfunktion.«

»Das wäre echt clever«, stellte Alyssa fest. »So könnte er dem Saboteur jederzeit Bescheid sagen, wo er am besten zuschlagen kann. Leider ist der Typ jetzt weg und ob diese Vermutung stimmt, wissen wir nicht.«

»Apropos ›*nicht* wissen‹.« Mit strenger Miene wandte sich Justus an Alyssa. »Du bleibst bei deiner Aussage, dass der falsche Tangury während deiner Wache am Wasserturm *nicht* die Leiter raufgestiegen ist? Wir sind uns ja sicher einig darin, dass der Mann sich *nicht* Stunden vor Beginn seiner Show auf den Wassertank hocken würde.« Er sprach es nicht direkt aus, aber es schwang überdeutlich mit, dass er Alyssas Aussage für *nicht* nachvollziehbar hielt.

»Was meinst du mit ›Bleibst du bei deiner Aussage‹?« Verärgert starrte das Mädchen Justus an. »Denkst du, ich habe verschiedene Versionen auf Lager, die ich je nach Situation zum Besten gebe?« Sie stemmte die Fäuste in die Hüften und sagte die folgenden Worte sehr langsam und deutlich: »Der Typ hat *nicht* die Leiter benutzt. Und ehe du fragst: Es hing auch nirgendwo ein Seil oder eine Strickleiter vom Tank runter, woran er hätte hochklettern können – das habe ich sorgfältig kontrolliert.«

Die Gesichtszüge des Ersten Detektivs verhärteten sich. »Und wie soll er es deiner Ansicht nach trotzdem geschafft haben, da raufzukommen? Mit Magie? Das ist doch absurd.«

»Vielen Dank für die Belehrung, Mister Allwissend«, gab Alyssa schnaubend zurück. »Ich bin keine Detektivin und mit Sicherheit nicht so schlau wie du. Aber ich bin auch nicht blöd!«

Mit leidender Miene schloss Bob die Augen und murmelte leise: »Irgendwann musste es ja krachen …«

»Mir liegt es fern, deinen Intellekt infrage zu stellen«, erwiderte Justus ungehalten. »Aber aus rationaler Perspektive ist und bleibt die Existenz einer zu Unsichtbarkeit fähigen Person faktisch unmöglich.«

Alyssa fauchte zornig. »Jetzt schwing dich mit deinem Geschwafel nicht so auf!« Es war deutlich zu spüren, wie wütend sie die Belehrungen von Justus machten. Sie begann, mit beiden Händen zu gestikulieren. »Ich kann nicht so geistreich sprechen wie du, aber das macht mich nicht zu einem schlechteren Menschen! Mir hat das Leben nichts geschenkt! Ich kann neben der Schule nicht noch tausend Bücher lesen, sondern muss im Supermarkt schuften, um wenigstens ein *bisschen* Geld zu verdienen! Für alles muss ich kämpfen und von meinen Eltern bekomme ich nichts – außer ständigem Streit!«

Nun war es Justus, der nicht mehr an sich halten konnte. »Mein Leben war auch kein Wunschkonzert! Und du *hast* wenigstens noch Eltern, mit denen du Stress haben kannst!«

Es entstand eine längere Pause.

»Tut … mir leid«, hauchte Alysssa. »Das wusste ich nicht.«

»Konntest du ja auch nicht«, klinkte sich Peter rasch ein.

»Wir sollten jetzt erst mal ein wenig runterkommen«, schlug Bob vor. »Alyssa sagt, dass der Zauberer während ihrer Wache nicht die Leiter hochgeklettert ist, also ist das auch nicht passiert. Da war dein Tonfall unangebracht, Justus.«

»Außerdem gibt es nicht nur das Rätsel des *Rauf*-, sondern auch des *Runter*kommens«, fügte Peter an. »Als ich oben ankam, war der Typ ja einfach weg.«

Justus atmete tief durch. Auch er spürte, dass er zu weit gegangen war. »Ich stimme zu. Der Vorwurf war unsensibel von mir.« Er hielt ihr die Hand hin. »Frieden?«

Alyssa zögerte kurz. Dann reichte sie ihm ihre Hand und lächelte. »Frieden.«

# Die Kappe des Krawallnachbarn

Bob seufzte erleichtert.

Nun führte der Erste Detektiv seine kurze Videoaufnahme von dem Lichtläufer auf dem Wasserturm vor.

»Wirklich un-fass-bar«, murmelte Peter. »Das ist noch halsbrecherischer als auf dem Mietshaus.«

Anschließend berichtete Justus von seinem Gespräch mit Mr Wilmington, dem merkwürdigen Verhalten der rothaarigen Frau und den Aussagen der Demonstranten.

»›Bis zum Letzten‹ – das ist echt heftig«, raunte Bob.

»Unglaublich, was es hier für Typen gibt«, schloss sich Peter an. »Diese Böller-Truppe, die das Ganze als fröhliche Party zur Feier ihres Lieblingszauberers sieht. Dann diesen grantigen Nachbarn, der das Zentrum wegen ein bisschen mehr Lärm verhindern will.«

»Andere wiederum sind so fanatisiert, dass sie nicht vor roher Gewalt zurückschrecken, um den Abriss von Tangurys Wohnhaus zu verhindern«, fügte Justus an.

»Und dabei richten sie Schäden an, die in die Hunderttausende gehen«, ergänzte Alyssa erbost.

Der Erste Detektiv zupfte an seiner Unterlippe. »Fragt mich nicht, wieso, aber meine Intuition sagt mir, dass hinter dieser Hysterie noch mehr stecken muss, als wir bisher in Erfahrung bringen konnten.«

»Das sehe ich auch so«, erwiderte Bob. »Vor allem zum Haus und Grundstück von Aden Tangury sind noch Fragen zu klären.« Er gähnte. »Aber für heute würde ich gerne Feierabend machen. Meine grauen Zellen befinden sich alle schon im Halbschlaf.«

»Geht mir genauso«, schloss sich Peter an. »Vorher muss ich aber noch was erzählen.« Nun berichtete er von dem seltsamen Verhalten des schmächtigen Sicherheitsmanns, der mittels eines aufklappbaren Zaunteils das Gelände der Baustelle betreten hatte.

»In der Tat eigenartig«, bekannte Justus. »Mit dem heutigen Anschlag kann es allerdings, zumindest direkt, nichts zu tun haben, denn der Container stand ja außerhalb.«

»Aber da ist doch trotzdem was faul«, wandte Alyssa ein. »So verhält sich doch nur jemand, der was zu verheimlichen hat.«

»Nicht zwingend«, erwiderte Justus. »Immerhin wäre denkbar, dass die Security diesen geheimen Zugang benutzt, um ohne Belästigung durch die Demonstranten für Kontrollgänge auf die Baustelle zu gelangen.«

»Weil das Haupttor nachts geschlossen bleiben muss, um eine Stürmung des Geländes zu verhindern«, ergänzte Bob.

Der Erste Detektiv sah zum Bauzaun hinüber. »Aber wie auch immer es sich verhält – diesbezüglich werden wir heute nichts mehr ermitteln können. Das gesamte Sicherheitspersonal ist in höchster Alarmbereitschaft. Ungesehen an den Zaun zu kommen, ist gerade aussichtslos.«

Auch Peter konnte jetzt ein Gähnen nicht mehr unterdrücken. »Ein triftiger Grund, erst mal eine Pause zu machen.«

»Guter Plan«, pflichtete Bob bei. »Morgen werde ich dann wieder voll einsteigen, allerdings abseits des Internets. Mein Streifzug heute Nachmittag hat ja gezeigt, dass kaum Informationen zu diesem Zauberer online sind. Verdächtig wenige.«

Justus horchte auf. »Du denkst, da wurde nachgeholfen?«

»Ich bin kein Informatikfachmann«, setzte Bob an, »aber ich finde es seltsam, dass über einen Mann, der ›in Burbank weltberühmt‹ war, kaum Spuren im Netz zu finden sind. Diese Stadt ist ja kein Kuhkaff und war es auch damals nicht.«

»Verstehe. Du änderst also dein Vorgehen?«

»Genau«, bestätigte Bob. »Es ist wieder Zeit für das gute alte Handwerk. Die Adressen einiger Buchhandlungen hier in Burbank habe ich mir schon rausgesucht. Vielleicht stoße ich da ja auf eine wertvolle Information über diesen besonderen Sohn der Stadt.«

»Für die jetzigen Vorgänge ist das Internet aber schon noch besser«, erwiderte Peter, der sein Mobiltelefon in der Hand hielt. »Dank der Proteste hat Tangury inzwischen einen eigenen Videokanal, in dem Fans ihre Clips hochladen. Auch von heute Nacht sind schon mehrere Videos online. Die Qualität ist aber deutlich schlechter als bei deiner Aufnahme, Erster.« Er hielt seinen Freunden und Alyssa das Handy hin.

»Stimmt, ziemlich verwackelt«, stellte das Mädchen fest.

Justus zog die Stirn kraus. »Dennoch sind diese Clips hilfreich.« Er deutete auf das Display. »Ich selbst konnte den Schluss des Auftritts ja nicht mehr filmen, aber hier ist er zu sehen. Alles exakt genauso wie in Nacht eins und zwei.«

Peter nickte. »Tangury bleibt plötzlich stehen, dreht sich zu seinen Fans um, zeigt sein fieses Grinsen und reißt laut lachend die Flossenhände nach oben.«

»Dann wird das Leuchten seines Anzugs noch heller«, ergänzte Alyssa, »und zack! – Licht aus, Tangury weg.«

Nachdenklich blickte Bob zum Wassertank hinüber. »Ein absoluter Meister seines Fachs.«

»Und ein Mann, der offenkundig keinerlei Angst kennt«, fügte der Erste Detektiv mit ernster Miene an. »Dennoch sind die Auftritte entlarvend.«

»Ja?«, horchte Alyssa auf. »Und wieso?«

»Er arbeitet zwar mit kostspieligen, aber sichtbar begrenzten Mitteln. Die Maskerade ist zweifellos beeindruckend, aber die vermeintliche Verwandlung in den legendären Barrakuda, die seine Fans so ausflippen lässt, findet niemals statt.«

»Stimmt – er ist vom Anfang bis zum Ende des Auftritts quasi ›halb fertig‹«, erwiderte Bob.

Justus nickte. »Genau. Der Mann verbleibt jedes Mal in einem – wenn auch überaus effektvollen – Zwischenstadium mit Schnurrbart und Anzug, Raubtierzähnen und Flossenhänden.«

»Also billiger Lug und Trug!« Alyssa schnaubte. »Wieso erkennen die Fans das denn nicht?«

»Ganz einfach«, erwiderte Peter. »Weil die Fans an diesen billigen Lug und Trug glauben *wollen.*«

Bob gab einen lauten Seufzer von sich. »Und gegen fanatischen Aberglauben ist kein Kraut gewachsen.«

»Es sei denn, wir finden doch das passende Kraut und überführen den Kerl«, sagte Justus voller Entschlossenheit. »Und genau das werden wir tun. Angesichts der Fähigkeiten dieses Mannes sollten wir übrigens auch die Frage nach seinem beruflichen Hintergrund nicht unberücksichtigt lassen.«

Alyssa schaute ihn erstaunt an. »Du meinst, er könnte in seinem Beruf gelernt haben, solche irrsinnigen Stunts abzuziehen?«

»›Stunts‹ ist exakt das richtige Stichwort«, bestätigte Justus und wandte sich an den Zweiten Detektiv. »Peter, es wäre gut, wenn du dich morgen bei deinen Quellen, allen voran natürlich deinem Vater, erkundigen würdest, ob sie einen Stuntman mit Spezialgebiet ›Tempo in großer Höhe‹, eventuell verbunden mit Kenntnissen in Licht-Spezialeffekten kennen. Vielleicht –«

In diesem Moment schreckte das Quartett auf, denn von der gegenüberliegenden Seite der Tankstelle war plötzlich ein wutentbrannter Ausruf zu hören.

»WO ist sie, du Mistkerl?«

Rasch eilten die drei Detektive und Alyssa an der Hauswand entlang und spähten um die Ecke. Zu ihrer Überraschung erkannten sie den weißhaarigen Mann, der sein ›ZENTRUM–

NEIN!‹-Schild hoch über dem Kopf schwang. Ihm gegenüber stand ein etwa dreißigjähriger dunkelhaariger Mann mit Pferdeschwanz, Nasen-Piercing und Tangury-T-Shirt, der sich vor dem erwarteten Schlag beiseiteduckte.

»Wo hast du sie?«, fauchte der Schildträger. »Rück sie raus!«

Sein Gegenüber hob abwehrend die Hände. »Ich habe deine bescheuerte Kappe nicht! Wie kommst du denn darauf?«

»Du hast mich doch mit Vollgas angerempelt!«, gab der Rentner wütend zurück. »Und danach war die Kappe weg! Eine limitierte ›Detroit Lions‹-Special-Edition, Nummer 23 von 1000!«

»Du spinnst doch! Ich bin seit meiner Kindheit Fan der ›Carolina Panthers‹. Warum sollte ich –«

Den Rest konnte das Quartett nicht mehr verstehen, weil nun mit lautem Motorengrollen ein riesiger Truck auf das Gelände der Tankstelle fuhr und auch noch die Sicht versperrte.

»Verdammt!«, fluchte Justus. Ohne Rücksprache mit seinen Freunden rannte er los, an der Zugmaschine des Lastwagens vorbei – und blieb frustriert stehen. Der Mann mit dem Pferdeschwanz raste auf einem Motorrad davon und der Rentner startete gerade fluchend einen Kleinwagen. Hier waren keine Informationen mehr zu erwarten.

Zurück bei seinen Freunden wischte sich der Erste Detektiv verärgert über die Stirn. »Bei diesem Fall ist offenbar nichts so, wie es zu sein scheint. Angesichts dieses bemerkenswerten Streits könnte der vermeintlich eindeutige Beweis mit der Football-Kappe in Wahrheit eine bewusst gelegte falsche Spur sein.«

»Weil es überhaupt keinen Sinn ergäbe, dass der Alte seine Diebstahlsvorwürfe gegen den Piercing-Typen an einem Ort raushaut, wo keiner von ›Satterfield‹ oder der Polizei es mitbekommt«, ergänzte Alyssa. »Er macht es also nicht, um sich als unschuldig darzustellen.«

»Sehe ich genauso«, stimmte Bob zu. »Wahrscheinlicher ist, dass ihm der wahre Saboteur die auffällige Kappe geklaut und dann im Container platziert hat.«

»Aber der Piercing-Typ ist ein Tangury-Anhänger«, wandte Peter ein. »Warum sollte der nach einem Anschlag auf die Baustelle die Kappe eines Zentrum-Gegners hinterlassen? Damit würde er seiner Sache doch schaden.«

»Strategisch wäre das zweifellos unklug«, pflichtete der Erste Detektiv bei. »Andererseits stehen die Zauberer-Fans ja ohnehin im Fokus. Und vielleicht sind sie sich untereinander auch nicht grün. Möglicherweise will jemand wie die Frau mit dem Rucksack den nervigen Rentner auf diese Weise loswerden, weil er Aden Tangury nicht die gebührende Ehre erweist.«

»Oder es ist eine Aktion der Gegendemonstranten, um den Druck auf die Zauberer-Anhänger zu erhöhen«, fügte Bob an.

»Tja, dann müssen wir diesen Vorgang einstweilen mit einem Fragezeichen versehen«, stellte Justus fest. Er stöhnte leise. »Ebenso wie die meisten anderen Elemente des höchst undurchsichtigen Falls ›Barrakuda‹.«

»Wird gemacht«, erwiderte Peter und gähnte erneut. »Und jetzt will ich wirklich ins Bett.«

So trennten sich die Wege. Während Alyssa zu Fuß nach

Hause gehen konnte, fuhren die drei Detektive in Bobs Käfer zurück zum Gebrauchtwarencenter in Rocky Beach. Dort begab sich Justus in sein Zimmer im ersten Stock des Wohnhauses, seine Freunde machten es sich in der Zentrale bequem.

Während der Rückfahrt hatten die Jungen vereinbart, sich am nächsten Morgen erneut aufzuteilen, diesmal jedoch in anderer Konstellation. Bob würde sich mit Alyssa in Burbank treffen, um zusammen mit ihr weitere Tangury-Recherchen anzustellen. Justus würde vorerst in Rocky Beach bleiben, um ein paar Telefonate zu führen. Der Erste Detektiv wollte einige Kunden von Onkel Titus anrufen, die im weitesten Sinne mit dem Thema Zauberei oder Zauberei-Ausstattung zu tun hatten. Dabei handelte es sich sowohl um Inhaber spezialisierter Läden als auch um selbst praktizierende Illusionisten. Justus erhoffte sich, dass diese Insider weitere Informationen zu Baron Barrakuda liefern konnten. Peter hingegen wollte sich, wie von Justus vorgeschlagen, nochmals an seinen Vater wenden und nach Stuntmen aus der Region fragen. Da auch am folgenden Tag wegen anstehender Dreharbeiten die ›Notfall-Regel‹ galt, hatte der Zweite Detektiv seinem Dad noch vor dem Einschlafen eine Textnachricht mit der Bitte gesandt, ihn anzurufen, wenn er es einrichten konnte.

Dies tat Mr Shaw früher als erwartet, denn schon um kurz nach halb sieben am nächsten Morgen riss das Handy-Klingeln Peter und Bob aus dem Schlaf.

# Überraschung dank Tante Mathilda

»Oh Mann …«, murmelte der dritte Detektiv und zog sich die Decke über den Kopf.

Schlaftrunken richtete Peter sich auf und musste sich erst mal kurz orientieren. Ach ja, Übernachtung in der Zentrale. Dann blickte er auf die Nummer, die im Display eingeblendet wurde, und betätigte die grüne Taste seines Mobiltelefons. »Hallo, Dad.« Es folgte ein lang gezogenes Gähnen.

»Sorry, dass ich dich geweckt habe«, gab sein Vater zurück. »Aber heute geht's bei ›Vultan's Voyage‹ früh los und ich bin bis nachmittags nicht erreichbar. Worum geht es denn?«

Peter bemühte sich, trotz seiner Müdigkeit die Gedanken in eine vernünftige Reihenfolge zu bringen. »Es … geht noch mal um diesen Typen auf dem Bauzaun. Wir haben überlegt, ob vielleicht ein Profi dahinterstecken könnte. Möglicherweise ein Stuntman aus der Filmbranche?«

Mr Shaw dachte kurz nach. »Hm … Spontan fällt mir niemand ein, der oder die über ein so unglaubliches Balancegefühl verfügt. Ich frage aber gerne im Kollegenkreis nach.«

»Super.« Plötzlich fiel dem Zweiten Detektiv noch etwas ein. »Ach, Dad, falls du zwischendurch doch mal ganz kurz Zeit hast, wäre es klasse, wenn du im Internet einen Blick auf den Tangury-Kanal werfen würdest, den es seit Kurzem gibt. Da haben Fans einige Videos eingestellt, auf denen du vielleicht mehr erkennen kannst als wir.«

»Versprechen kann ich es nicht«, gab sein Vater zurück. »Aber wenn sich die Gelegenheit ergibt, mach ich's gerne.«

»Vielen Dank – du bist eine große Hilfe.« Nach Beendigung des Gesprächs ließ sich Peter auf sein Nachtlager zurücksinken und schlief sofort wieder ein.

Nach einem gemeinsamen reichhaltigen Frühstück im Hause Jonas brach Bob mit seinem Käfer in Richtung Burbank auf. Justus hingegen zog sich mit einem Becher Eistee an ein schattiges Plätzchen auf der Veranda zurück. Hier wollte er die geplanten Telefonate mit den verschiedenen Zauberei-Experten führen. Bereits zu dieser frühen Stunde herrschten Temperaturen deutlich über zwanzig Grad und der stahlblaue Himmel versprach, dass es erneut ein sehr heißer Tag werden würde. Peter hatte sich in die Zentrale begeben. Er wollte nicht untätig darauf warten, ob sich einer der Kollegen seines Vaters vielleicht irgendwann zum Thema Stuntman melden würde. Deshalb entschloss er sich dazu, im Internet nach weiteren

Einzelheiten zu den Auftritten des falschen Magiers und den begangenen Anschlägen zu suchen.

Die ersten drei Telefonate, die Justus mit den Zauberei-Experten führte, brachten keine neuen Erkenntnisse. Bevor er die vierte Nummer wählen konnte, trat Tante Mathilda auf die Veranda, in den Händen einen Korb voller Wäsche.

»Ich wollte nicht lauschen«, richtete sie sich an ihren Neffen, »aber ich habe den Namen Aden Tangury aufgeschnappt. Du suchst Material zu ihm?«

»Äh … ja.« Überrascht ließ der Erste Detektiv sein Handy sinken. »Jetzt sag bloß, du weißt etwas über ihn?«

»Wissen wäre zu viel gesagt. Aber vor ungefähr zwei Wochen habe ich Sachen von ihm gekauft.«

Justus konnte es nicht fassen. Da hatten die drei Detektive das gesamte World Wide Web nach Informationen zu dem Zauberer durchsucht und nun eröffnete sich plötzlich eine Fundgrube direkt vor ihrer Nase im Gebrauchtwarencenter T. Jonas! »Drei Fragen«, gab Justus mit mühsam unterdrückter Aufregung zurück. »Was ist es, wo ist es und wer hat es dir verkauft?«

Tante Mathilda deutete auf das Lagerhaus zu ihrer Linken. »Antwort eins: jede Menge Krimskrams. Antwort zwei: Die Kartons stehen auf dem Regal ganz hinten, beschriftet mit ›A. Tangury‹. Antwort drei: eine junge Frau, blonde Kurzhaarfrisur, elegant gekleidet. Ich kann mich deshalb so gut an sie erinnern, weil sie kaum mit mir verhandelt hat. Bereits bei 50 Dollar hat sie eingewilligt – da musste ich natürlich zuschlagen.«

Justus war völlig aus dem Häuschen. »Hat sie gesagt, warum sie die Sachen verkaufen wollte?«

Mrs Jonas dachte kurz nach. »Sie erwähnte, dass sie den geerbten ›Fischkram‹ nicht haben will und dass sie unseren Gebrauchtwarenhandel von einem früheren Besuch kennt. Deshalb hat sie sich zu dem Verkauf an uns entschieden.«

Hoffnungsvoll blickte der Erste Detektiv seine Tante an. »Und hast du dir zufällig den Namen der Kundin notiert?«

»Nein, das machen wir ja nur bei teuren Anschaffungen.«

Das war zwar ein Wermutstropfen, änderte aber nichts an der Euphorie, die in Justus hochwallte. Mit einem »Trotzdem vielen lieben Dank – du bist die Beste!« eilte er zum Lagerraum. Selten war er so unglaublich gespannt darauf gewesen, Kartons zu öffnen.

Währenddessen war Bob in Burbank eingetroffen und hatte Alyssa abgeholt. Die erste Station, die er ansteuerte, war die Baustelle, vor der sich um diese Zeit etwa zwei Dutzend Zentrumsbefürworter und eine Handvoll Tangury-Demonstranten eingefunden hatten. Bei den Gesprächen, die der dritte Detektiv und das Mädchen nun getrennt voneinander mit beiden Lagern führten, bestätigte sich, was Alyssa bereits berichtet hatte: Die Leute machten einen wesentlich ruhigeren und vernünftigeren Eindruck als die sogenannte ›Spätschicht‹. Die vorgebrachten Argumente waren dennoch identisch. Die einen wollten unbedingt die Errichtung des Zentrums, die anderen die Erhaltung des Magierhauses.

Auf dem Rückweg zum Käfer tippte der dritte Detektiv einige Stichworte in sein Handy. Plötzlich hielt er inne und fasste Alyssa am Arm. »Hier – schau mal.«

»Hast du was entdeckt?«

»Ich glaube schon.« Bob deutete auf das Display. »Beim Gespräch mit den Zauberer-Fans habe ich den Namen Haley Darlow aufgeschnappt – eine Frau, die wegen des Grundstücksverkaufs für ›all den Ärger‹ verantwortlich sei.«

Irritiert hob das Mädchen die Augenbrauen. »Den Namen habe ich noch nie gehört.«

»Ich auch nicht. Bei meinen Recherchen bin ich auf keinen Verkäufer gestoßen. Deshalb ging ich davon aus, dass der oder die Betreffende anonym bleiben will. Aber jetzt, mit Eingabe des Namens Haley Darlow, habe ich ein Interview mit ihr in einem lokalen Online-Magazin gefunden.«

»Und worum geht's da?«

»Zunächst wird beschrieben, dass über Jahrzehnte hinweg nur Tangury-treue Nachkommen des Zauberers in seinem Haus gewohnt haben. Das änderte sich erst mit der Tochter des kürzlich verstorbenen letzten Besitzers.«

Neugierig überflog Alyssa nun selbst die Zeilen. Dann klopfte sie dem dritten Detektiv anerkennend auf die Schulter. »Gut gemacht. Jetzt kennen wir den Grund, warum Haus und Grundstück überhaupt verkauft wurden. Die Erbin Haley Darlow, wohnhaft in Rocky Beach, wollte mit dem ›uralten Fisch-Fanatismus‹ nichts zu tun haben und verkaufte das Gelände an die Stadt Burbank.«

Bob nickte. »Diese wiederum schloss einen Pachtvertrag mit dem Einzelhandelskonzern ›Family Fellows‹ ab. Der machte eine Ausschreibung zur Errichtung eines Bürger-Zentrums und vergab den Auftrag daraufhin an die Baufirma ›Satterfield‹. Ein zweites Unternehmen namens ›Kingsburry‹ zog dabei den Kürzeren.«

Nachdenklich runzelte das Mädchen die Stirn. »Wenn man die gewaltige Größe des Bauprojekts bedenkt, wird das in der Chefetage von ›Kingsburry‹ bestimmt nicht für gute Laune gesorgt haben.«

Als Nächstes fuhren die beiden zu einer kleinen Bibliothek mit Schwerpunkt auf historische Zeitungen aus dem Einzugsbereich Los Angeles. Zum Fundus zählte auch eine große Sammlung von Ausgaben der ›Burbank News‹, die bereits seit 1886 existierte. Es bestand also durchaus Hoffnung, dass hier im Archiv Informationen über Tangury zu entdecken waren, die bislang nicht den Weg ins Internet gefunden hatten.

Inzwischen hatte der Zweite Detektiv mehrere bemerkenswerte Informationen gesammelt, die er Justus unbedingt mitteilen wollte. Er war bereits aufgestanden, da klingelte sein Mobiltelefon. Die eingeblendete Nummer kannte er jedoch nicht.

»Hallo, hier ist Laura«, meldete sich die Video-Effekt-Expertin. »Gerade werde ich am Set nicht gebraucht. Deshalb konnte ich mir den Videokanal ansehen, von dem Henry mir erzählt hat.«

»Oh, das ist aber nett«, erwiderte der Zweite Detektiv

freudig. »Haben Sie etwas gefunden, das uns weiterhelfen könnte?«

»Ja, mit meiner Spezialausrüstung konnte ich einen Bildausschnitt, der mir aufgefallen war, vergrößern, aufhellen und schärfer machen.«

»Was war Ihnen denn aufgefallen?«, erkundigte sich Peter.

»Aus der Sicht des ›Normalnutzers‹ sieht man in einem der Videos weit hinter den Demonstranten irgendeinen Schatten am Bauzaun. So undeutlich, dass niemand dort hinsieht.«

»Und was haben *Sie* gesehen?«, fragte Peter aufgeregt

Die folgende Antwort elektrisierte den Zweiten Detektiv.

Justus tauchte regelrecht in die dunkelgrünen Tangury-Kartons ein. Der Begriff ›Krimskrams‹ beschrieb den Inhalt nicht wirklich treffend. Der Großteil der Gegenstände bestand aus wertvollen Barrakuda-Figuren aus unterschiedlichsten Materialien: Holz, Keramik, Porzellan, Marmor und Bronze. Justus war es ein Rätsel, warum die Verkäuferin nur 50 Dollar dafür verlangt hatte. Allein eine einzige Bronzefigur war deutlich mehr wert. Entweder war der Frau dies nicht bewusst gewesen oder es hatte für sie keine Rolle gespielt.

Außerdem befanden sich auch einige Papiere in den Kartons, größtenteils ziemlich wirre Reden des Zauberers, in denen es um Naturmagie oder die sogenannten Tugenden des Barrakudas ging. Doch dann stieß Justus auf eine alte schwarz-weiße Druckgrafik, die am rechten unteren Rand ein Monogramm mit den Buchstaben JH und die Angabe ›Oktober 1893‹ aufwies. Das Bild zeigte eine düstere, von wenigen Fackeln erhellte Höhle, in deren Mitte ein riesiger, aufrecht stehender Barrakuda emporragte. Vor ihm standen etwa zwanzig festlich gekleidete Zuschauer, Frauen in Ballkleidern, Männer in edlen Anzügen und mit Zylindern. Ehrfürchtig starrten sie den gewaltigen Raubfisch an. Das entsprach dem, was die drei ??? und Alyssa inzwischen über Tangurys Vorstellungen wussten. Doch plötzlich stutzte Justus. Etwas an diesem Bild war anders als alle Beschreibungen, die im Internet zu finden waren. Grundlegend anders. Statt den Zauberer *vor* oder den riesigen Raubfisch *nach* der Verwandlung zeigte diese Druckgrafik *beide* zur selben Zeit! Aden Tangury war direkt hinter dem über drei Meter großen Barrakuda zu sehen, geduckt und in einer wenig vorteilhaft wirkenden Pose, als ob er sich verbarg.

Das war ein echter Paukenschlag, denn diese Abbildung widersprach allem, was man damals geglaubt hatte, nämlich dass Tangury über wahre magische Kräfte verfügte und tatsächlich in der Lage war, sich in den Riesenfisch zu verwandeln. Bei diesem Bild handelte es sich also um einen direkten Angriff auf die Legende rund um den gefeierten Zauberer!

# Gefährlicher Verräter

Am unteren Bildrand stand ein in Latein geschriebener Satz: *Vilius argentum est auro, virtutibus aurum.*

»Das ist ja höchst interessant«, murmelte Justus. »Ein altes Zitat des römischen Dichters und Philosophen Horaz: *Silber ist geringer als Gold, Gold ist geringer als die Tugenden.*« Justus hielt grübelnd inne. »Mein Verdacht stimmt also: Wer auch immer diese Grafik erstellt hat – er klagte Tangury an, ein Betrüger zu sein, ein tugendloser Mensch, dem Ruhm und Reichtum mehr bedeuten als Anstand und Moral.«

Nun ergaben sich mehrere Schlussfolgerungen beziehungsweise Fragen. Erstens: Angesichts der Details auf der Grafik lag es nahe, dass der Urheber – offenbar eine Person mit den Initialen J und H – bei der Zaubershow vor Ort gewesen war, jedoch nicht der Illusion geglaubt hatte, dass Tangury sich wahrhaftig verwandelte. Zweitens: Er war mit seinem Zweifel daran offenbar allein, denn durchgesetzt hatte sich der Kult, dass Tangury ein wahrer Magier war. Drittens: Wie kam

Tangury in den Besitz dieses Bildes, und viertens: Wieso hatte er es aufgehoben? Es hätte ihm ja durchaus gefährlich werden können.

Erst jetzt fiel Justus auf, dass die Illustration doch nicht rein in Schwarz-Weiß gedruckt war. Die mächtigen spitzen Zähne des Barrakudas, seine Augen und alle Flossen wiesen bei genauem Hinsehen einen leichten Goldton auf. Der Pulsschlag des Ersten Detektivs beschleunigte sich. Falls es sich bei dem Riesenfisch um eine reale Skulptur mit Augen, Fangzähnen und Flossen aus echtem Gold handelte, wäre sie ein Vermögen wert. Das ergäbe ein triftiges Motiv für eine Straftat. Und Justus' Gedanken ratterten sofort weiter: Vielleicht befand sich die Statue noch irgendwo auf dem gigantischen Grundstück. Die Höhlen-Darstellung ließ auf ein unterirdisches Versteck schließen, da es auf dem Gelände, wie Justus aufgrund von Bobs Internet-Recherchen wusste, keine größeren Erhebungen gab. Vielleicht hatte jemand von der Skulptur erfahren und suchte nun danach? Dann wären die Bauarbeiten für diesen Jemand eine Gefahr – die es zu sabotieren galt …

Als Justus nun das Papier umdrehte, entdeckte er auf der Rückseite einen mit schwarzer Tinte in geschwungener Handschrift geschriebenen Namen: Jasper Holford.

»J und H!«, entfuhr es dem Ersten Detektiv. Dann stutzte er, betrachtete die Schrift genauer und nahm anschließend die Zettel mit den Reden des Zauberers zur Hand. Kein Zweifel – es war Aden Tangury gewesen, der den Namen dieses Mannes notiert hatte. Eines Mannes, der offensichtlich das verräterische

Bild zur Entlarvung des Wunderzauberers geschaffen hatte. Aber was bedeutete das? Rasch zückte Justus sein Mobiltelefon und gab den Namen in eine Suchmaschine ein. Doch auch in Kombination mit Begriffen wie ›Tangury‹, ›Magier‹ oder ›Burbank‹ wurde er nicht fündig. Nach kurzem Überlegen rief er den dritten Detektiv an.

»Hallo, Justus«, meldete sich Bob. »Gibt's was Neues bei euch in Rocky Beach?«

»Neues ja«, bestätigte der Erste Detektiv, »aber was es damit auf sich hat, kann ich per Internet nicht feststellen. Bist du mit Alyssa noch in der Bibliothek?«

»Ja, bin ich. Schieß los – was können wir für dich tun?«

Justus blickte auf die Bildrückseite. »Versuch bitte, so viel wie möglich über einen Mann namens Jasper Holford herauszufinden. Offenbar ein Kritiker oder sogar Feind von Tangury.«

»Oh, das hört sich interessant an!«

»In der Tat«, bestätigte Justus. »Umso wertvoller wären die Hintergründe zu diesem Mann, der aus dem bisherigen Schema der Bewunderer herausfällt. Zumal ich in diesem Zusammenhang auch auf einen Hinweis gestoßen bin, der ein finanzielles Motiv für die derzeitigen Geschehnisse darstellen könnte.« Er erzählte seinem Freund von dem Bild und seinen Überlegungen dazu.

»Geht klar, Chef. Wir hier haben inzwischen auch einiges herausgefunden, unter anderem über die Erbin des Tangury-Grundstücks, die es an die Stadt verkauft hat. Ich schick dir gleich eine Mail dazu.«

»Prima, so verbleiben wir.«

Kaum hatte Justus das Gespräch beendet, erklang vom Schrottplatz her der Ruf des Zweiten Detektivs. »Justus! Wo steckst du denn?«

»Hier, im Lagerhaus!«

Kurz darauf berichtete Justus auch Peter, was es mit den Kartons und seinem erstaunlichen Fund auf sich hatte.

»Das ist ja ein Ding«, entfuhr es Peter mit sichtlicher Verblüffung. »Tangury-Material hier auf dem Schrottplatz!«

»Und beinahe wäre dieser Schatz unentdeckt geblieben«, gab Justus zurück.

»Apropos Schatz …« Peters Augen leuchteten. »Ich habe das ganze Zeug auf dem Fan-Kanal im Internet noch mal durchgesehen und mir dann auch die Pressefotos von den Demonstrationen vorgenommen.« Er hob einige Computerausdrucke in die Höhe. »Es ist vielleicht nicht der endgültige Durchbruch, aber zumindest habe ich einen ziemlich eindeutigen Beweis dafür gefunden, dass der falsche Tangury und der Baustellen-Saboteur Komplizen sind.«

Der Erste Detektiv horchte auf. »Das klingt großartig – lass sehen!«

Peter legte drei der Ausdrucke auf einer Kommode ab. »Hier, das sind einige der Fotos, die Reporter nach den Anschlägen auf der Baustelle gemacht haben. Anhand deiner Aufzeichnungen zum Interview mit Wilmington konnte ich das alles mal miteinander abgleichen. Vor allem der zeitliche Ablauf bei den Sabotage-Aktionen war wichtig.«

»Und dabei bist du offensichtlich auf etwas Entscheidendes gestoßen«, schlussfolgerte Justus.

»Jepp.« Peter lächelte breit und tippte auf das erste Foto. »Dieses Bild von der Baustelle wurde am Morgen nach dem ersten Tangury-Auftritt aufgenommen. Rechts neben dem schockierten Bauleiter sieht man den Radlader mit den aufgeschlitzten Reifen, dahinter den ausgebrannten Seilbagger. Und hier ...«, er legte einen Zettel mit einer Zeichnung unter das Foto, »habe ich grob das Grundstück und dessen Umgebung skizziert. Die beiden sabotierten Fahrzeuge stehen am äußersten östlichen Ende der Baustelle.« Peters Zeigefinger huschte nach links ans andere Ende des Zettels. »Das Mietshaus, auf dem der Zauberer zum ersten Mal erschien, steht dagegen ...«

»... an einem Ort im Westen, der gerade noch gut von den Fans gesehen werden kann«, vollendete Justus den Satz.

»Richtig«, bestätigte Peter. »Und genauso ist es bei den beiden anderen Vorfällen gewesen.« Er legte zwei weitere Zeichnungen unter die übrigen Pressefotos. »Der Baukompressor, die Mörtelpumpe und der Rotationsglätter, die in der zweiten Nacht zerstört wurden, standen im Süden. Der falsche Tangury trat genau entgegengesetzt direkt über den Köpfen der Demonstranten auf dem Zaun im Norden auf.«

Justus blickte auf Foto und Zeichnung drei. »Dasselbe gilt für den Container und den Wassertank. Somit lässt sich festhalten: Der Magier trat jedes Mal an Orten auf, die weitestmöglich von den Sabotage-Aktionen entfernt waren. Eine bessere Ablenkung ist nicht vorstellbar. So etwas *muss* koordiniert gewesen sein.« Er gab Peter einen anerkennenden Knuff. »Eine wahrlich wichtige Entdeckung, Kompliment!«

»Vielen Dank, Chef.« Der Zweite Detektiv freute sich aufrichtig. »Und gleich noch was: Laura, die Kollegin meines Vaters, hat sich bei mir gemeldet. Mit einem ihrer Spezialprogramme hat sie eines der Fanvideos von vorgestern Nacht bearbeitet, als wir noch nicht vor Ort waren. So kann man etwas erkennen, das man als Normalnutzer nicht sieht.«

»Aha?«, gab Justus neugierig zurück.

Peter holte sein Handy hervor. »Wir haben jetzt eine Aufnahme von dem schmächtigen Wachmann, den ich gestern dabei beobachtet habe, wie er durch eine lose Zaunlatte auf die Baustelle schlüpft. In dem Video von vorgestern tut er genau dasselbe!«

»Tatsächlich?«

»Ja. Und das ist noch nicht alles. Ich habe gestern doch auch etwas Rotes gesehen. Dank Laura ist nun erkennbar, dass es nicht eine, sondern *zwei* uniformierte Personen sind, außer dem Mann auch noch eine Frau. Und diese Frau …«, er rief den Film auf, »zieht sich eine lange rote Perücke mit gelben Schleifen vom Kopf, bevor sie sich dann eine Dienstmütze aufsetzt!«

Diese Information schlug ein wie ein Blitz.

»Die Tangury-Anhängerin, die mich beobachtet hat … ist eine Wachfrau von ›Satterfield‹?«, raunte Justus.

»Erstaunlich, nicht wahr?«, gab Peter zurück. »Ich war auch ganz platt. Das Ganze ergibt einfach keinen Sinn.«

»Angesichts dieser erstaunlichen Information sollten wir zwei Möglichkeiten in Betracht ziehen«, entgegnete Justus mit ernster Miene. »Erstens: Die Dame steht tatsächlich in Diensten von ›Satterfield‹. Ihre Verkleidung mit der roten Perücke und der Sonnenbrille wäre dann eine Tarnung, um sich frei unter den Tangury-Demonstranten bewegen und sie aushorchen zu können.«

Peter steckte sein Handy wieder ein. »Möglichkeit zwei: Sie ist ein fanatischer Tangury-Fan, der den Abriss des Hauses verhindern will. Perücke und Sonnenbrille benutzt sie, um später auf Videos der Proteste nicht erkannt zu werden.«

»Die Security-Uniformen, die sie sich auf irgendeinem Weg beschafft haben, nutzen sie und ihr Komplize dann, um sich unauffällig dem geheimen Zugang nähern zu können«, führte der Erste Detektiv weiter aus. »Nicht gänzlich auszuschließen ist darüber hinaus, dass die beiden tatsächlich echte Wachleute und *gleichzeitig* gewaltbereite Tangury-Fans sind. So oder so – bei laufenden Nacht-Protesten ist das eigentliche Tor zur Baustelle aus Sicherheitsgründen durchgehend geschlossen. Dieser Zugang scheidet für die beiden somit aus. Sie benötigen also die Geheimtür im Zaun.«

»Und offensichtlich hat die Frau einfach nur zu spät daran gedacht, die rote Perücke abzunehmen«, überlegte Peter. »Demnach könnten sie und der andere Typ also die Saboteure sein, nach denen wir suchen! Falls ja, haben sie die Zaunluke gestern vermutlich dazu genutzt, um den versteckten Ekel-Zement zu holen.«

Justus nickte. »Zu schade, dass man kaum Einzelheiten von den beiden erkennen kann. Außer dass die Dame helle kurze Haare hat. Dennoch verhelfen uns deine wertvollen Ermittlungs-Ergebnisse zu einem wichtigen Strategiewechsel.« Ein grimmiges Lächeln huschte über sein Gesicht. »Statt uns heute Nacht auf den ablenkenden Zauberer zu konzentrieren, nehmen wir uns nun die mutmaßlich wahren Täter, nämlich seine beiden Komplizen vor.«

»Sehr gut! Wir behalten den Zaundurchlass, die Dame und den Schmächtigen im Auge und warten, bis das Zauberspektakel losgeht«, folgerte Peter. »Sobald die beiden auftauchen und mit der Sabotage beginnen, sind sie überführt.«

»Vorausgesetzt, dass sie tatsächlich die Täter sind, was nach meiner Einschätzung aber ziemlich wahrscheinlich ist«, ergänzte Justus. »Falls das zutrifft, werden sie im Gefängnis vermutlich bald damit rausrücken, wer sich hinter dem falschen Tangury verbirgt.«

Peter zog die Stirn kraus. »Sollten wir jetzt nicht dem Bauleiter Bescheid sagen? Dann könnten es seine Leute übernehmen, die Saboteure zu schnappen.«

»Das wäre unklug«, widersprach Justus. »Da möglicherweise Personen aus dem Umfeld von Mr Wilmington in die Sabotage verwickelt sind, könnte eine unüberlegte Reaktion des Bauleiters die Überführung der Täter gefährden.«

»Auch wieder wahr«, gab Peter zu.

In diesem Moment ertönte ein kurzer Piepton. Auf Justus' Handy war eine E-Mail eingegangen. »Von Bob. Das ist bestimmt das Interview mit Tangurys Erbin.« Neugierig klickte der Erste Detektiv auf den Anhang. »Na, dann wollen wir doch mal die Dame in Augenschein nehmen, die mit dem Verkauf des Zauberer-Hauses den ganzen Protestwirbel ausgelöst hat.«

Peter beugte sich gespannt über die Schulter des Ersten Detektivs. Und zuckte entgeistert zurück, als Justus plötzlich laut ausrief: »Das kann doch nicht wahr sein!«

# Von rot zu blond

Währenddessen tauschten sich Bob und Alyssa in der Bibliothek über ihre jeweiligen Rechercheergebnisse aus.

»Also …«, setzte Bob an. »Über das Leben von Jasper Holford ist nicht viel bekannt, außer dass er ein vermögender Mann und Künstler hier in Burbank war.«

»Und dass er anfangs zu Tangurys Bewunderern gehörte«, ergänzte Alyssa. »Irgendwann muss damit aber Schluss gewesen sein – auf ziemlich heftige Weise.« Sie rief auf ihrem Handy eine digitalisierte Seite der ›Burbank News‹ auf. »Im November 1893 erschien nämlich ein Artikel, in dem er ankündigte, im Selbstverlag ein Buch herausbringen zu wollen. Titel: ›Die Wahrheit über Baron Barrakuda‹.«

Der dritte Detektiv nickte. »Nach den Angaben in dem Text zu urteilen, sollte das eine regelrechte Enthüllungs-Bombe werden. Der wichtigste Vorwurf: Tangury ist keineswegs ein wahrer Wundermagier, sondern ein tricksender Scharlatan.«

»Der bestenfalls ein mittelmäßiger Zauberkünstler war,

dafür aber ein sehr begabter Hypnotiseur«, fügte Alyssa an. »Nur deshalb konnte er seinem Publikum vorgaukeln, dass er sich direkt vor ihren Augen in einen Riesenfisch verwandelte.«

»Aus heutiger Sicht erscheint es nicht wirklich spektakulär, dass Zauberer und Illusionisten mit Tricks wie Showhypnose arbeiten«, führte Bob weiter aus. »Aber unter den Tangury-Verehrern hätte eine solche Bloßstellung damals zweifellos einen riesigen Skandal ausgelöst. Zumal Holfords Anklage noch weiterging.«

»Nämlich dass der Herr Magier mit der Hypnose nicht nur seine Verwandlung vortäuschte«, gab Alyssa zurück, »sondern dass er seine reichen Fans dabei auch so stark beeinflusste, dass sie ihn mit unverhältnismäßig großen Spenden unterstützten.«

»Holford gehörte zunächst ebenfalls zu Tangurys ahnungslosen Opfern«, führte der dritte Detektiv weiter aus. »Ironischerweise kam er nur deshalb hinter den Schwindel, weil er eines Abends erkrankt zu einer Veranstaltung ging und unter dem Einfluss von Medikamenten stand.«

Alyssa nickte. »Sein Sehen und Hören war beeinträchtigt – deshalb funktionierte die Hypnose nicht richtig.«

»So erkannte er, dass der Barrakuda in Wahrheit eine Skulptur war, die Tangury hinter einem Vorhang ›hervorzauberte‹, während der Magier sich hinter dem Fisch versteckte.«

Bob verschränkte die Arme vor der Brust. »Offensichtlich schenkten die Magier-Bewunderer diesem Artikel aber keinen Glauben, zumindest ist davon nichts zu lesen.«

»Vielleicht hat Tangury ja einfach die gesamte Auflage dieser

Zeitungsausgabe aufgekauft«, überlegte Alyssa. »Reich genug war er ja.«

»Dennoch – wenn Holford in seinem angekündigten Buch tatsächlich handfeste Beweise geliefert hätte, wäre Tangurys Karriere unwiderruflich zerstört gewesen.«

»Das entscheidende Wort ist hier *hätte*«, stellte Alyssa fest. »Denn dieses Enthüllungsbuch wurde offenbar nie veröffentlicht. Zumindest haben sämtliche möglichen Stichworte keinen einzigen Treffer gebracht.«

»Das Buch ist nie erschienen, stattdessen ...« Bob atmete tief ein. »Wie aus Vermisstenanzeigen hervorgeht, die seine Freunde aufgegeben haben, ist Mr Holford wenige Tage nach dem Erscheinen des Artikels spurlos verschwunden!«

In Rocky Beach sah Peter den Ersten Detektiv mit weit aufgerissenen Augen an. »Was ist denn in dich gefahren?« Er deutete auf das Handy in der verkrampften Hand seines Freundes. »Das ist doch nur ein Artikel über die Erbin des Anwesens von Aden Tangury.«

»Es geht nicht um den Artikel! Es geht um das Foto! Warte hier, ich bin gleich zurück!«

Mit diesen Worten ließ er den völlig verdatterten Peter stehen und rannte zum Wohnhaus hinüber. In der Küche war Mrs Jonas gerade dabei, Kartoffeln zu schälen.

»Tante Mathilda, eine kurze Frage ...« Justus hielt ihr schnaufend sein Mobiltelefon hin. »Ist *das* die Frau, die dir die Kartons mit der Tangury-Sammlung verkauft hat?«

Mrs Jonas warf einen Blick auf das Foto. »Ja, das ist sie. Aber warum bist du deshalb so aufgeregt? Es ist doch alltäglich, dass uns Leute irgendwelche Sachen aus einer Erbschaft verkaufen.«

»Das erzähle ich dir später – vielen Dank!« Und schon war der Erste Detektiv wieder auf dem Weg zur Lagerhalle.

Dort wartete Peter ungeduldig. »Kannst du jetzt bitte endlich erklären, warum du wegen des Fotos dieser Frau so ausrastest?«

»Ja, das kann ich«, gab Justus atemlos zurück. »Diese Frau mit den kurzen, blonden Haaren, den markant geschwungenen Augenbrauen und dem Muttermal auf der linken Wange ist niemand anderes als die falsche Rothaarige von der Baustelle!«

Das musste der Zweite Detektiv erst mal sacken lassen. Ungläubig blinzelte er. »Dieselbe Frau, die Grundstück und Haus des Zauberers erst geerbt und dann verkauft hat, verübt jetzt Anschläge, damit dort nicht gebaut werden kann? Das … ist doch bescheuert.«

»Auf den ersten Blick zweifellos«, stimmte Justus zu, während er hastig Bobs Handynummer anwählte. »Deshalb wird es höchste Zeit, einen zweiten Blick in die Wege zu leiten!«

Der dritte Detektiv meldete sich bereits nach nur einem Klingeln. »Hallo, Just, das trifft sich ja gut. Ich wollte dich gerade anrufen, um unsere Ergebnisse zu Holford –«

»Das muss bis später warten«, unterbrach ihn Justus aufgeregt. »Ihr müsst sofort zur Baustelle und nachschauen, ob die Demonstrantin mit den gelben Schleifen in den roten Haaren vor Ort ist.«

»Und … warum?«

»Erkläre ich nachher«, gab Justus zurück und fügte an: »Bitte beeilt euch!«

Ohne eine Antwort abzuwarten, legte Justus auf. Anschließend rief er online das Telefonbuch von Rocky Beach auf.

Unruhig trat Peter von einem Bein aufs andere. Er fühlte sich vom Aktionismus des Ersten Detektivs vollkommen überrumpelt. »Was wird denn das, wenn's fertig ist?«

»Haley Darlow, die Erbin des Tangury-Hauses und Verkäuferin der Kartons hier, wohnt in Rocky Beach«, erwiderte Justus, während er hektisch weiterscrollte. »Mit etwas Glück kann ich ihre Adresse ausfindig machen.«

Dem Zweiten Detektiv wurde plötzlich sehr mulmig in der Magengegend. »Und wozu willst du die wissen?«

»Ganz einfach – falls ich ihre Anschrift finde und sich die Frau gerade an der Baustelle aufhält, müssen wir ihr Zuhause aufsuchen, um herauszufinden, was es mit ihrem Handeln auf sich hat.«

Peter verdrehte die Augen. »Und mit ›aufsuchen‹ meinst du, bei ihr einbrechen.«

»Bitte keine Wortklauberei jetzt«, forderte Justus streng, während er weitersuchte. »Angesichts dieser erneuten Wendung hat es oberste Dringlichkeit, dass wir genau wissen, mit welcher Situation wir es zu tun haben!«

Während Bob und Alyssa zum Käfer eilten, sendete der dritte Detektiv noch rasch den Artikel der ›Burbank News‹ und ein paar Stichworte über Jasper Holford an seine Freunde.

Diese las der Erste Detektiv, während er zusammen mit Peter in dessen MG zur Adresse von Haley Darlow fuhr. Die Frau wohnte im Osten von Rocky Beach am Alto Drive, ganz in der Nähe des Botanischen Gartens. Anschließend fasste er für Peter in knappen Worten die Recherche-Ergebnisse von Bob und Alyssa zusammen.

»Junge, Junge«, murmelte der Zweite Detektiv. »Glaubst du, Tangury hat diesen Holford … beseitigt? Es kann ja kein Zufall sein, dass das angekündigte Enthüllungsbuch nie erschien und der Autor kurz darauf spurlos verschwand.«

»Auch ich gehe nicht von einem Zufall aus«, gab Justus zurück. »Es bleibt aber Spekulation, was genau passiert ist. Angesichts von Tangurys Reichtum wäre es auch vorstellbar, dass er Holford bestochen hat, damit er die Stadt oder das Land verlässt.«

»Stichwort Reichtum«, griff Peter den Faden auf. »Nach allem, was wir bis jetzt wissen, ist es ja wirklich gut vorstellbar, dass die Blonde hinter dem Gold in dieser Fischstatue her ist, die irgendwo auf dem Tangury-Grundstück versteckt ist.« Er schüttelte den Kopf. »Und gleichzeitig ergibt das doch nach wie vor überhaupt keinen Sinn. Wenn man einen kostbaren Schatz auf seinem *eigenen* Grundstück suchen will, verkauft man es doch nicht und verscherbelt dann auch noch verräterisches Material zu einem Witzpreis!«

»Auch hier stimme ich dir rückhaltlos zu«, erwiderte Justus. »Rein logisch betrachtet, kann es eigentlich nur so gewesen sein, dass nach dem Hausverkauf irgendetwas Einschneidendes passiert ist. Etwas, das die davor unwissende Haley Darlow auf die Fährte der Barrakuda-Skulptur gebracht hat.«

»Und seitdem tut sie alles, um die Baustelle zu sabotieren«, ergänzte Peter.

Gerade als der Zweite Detektiv an einer roten Ampel halten musste, rief Bob an.

»Wie sieht's aus?«, fragte der Erste Detektiv aufgeregt.

»Sie ist tatsächlich da und redet eifrig auf die Tangury-Demonstranten ein.«

»Kannst du verstehen, worum es geht?«

»Das ist nicht misszuverstehen. Sie fordert die Zauberer-Fans dazu auf, unbedingt auch zur Spätschicht zu kommen. Und das macht sie so energisch, als ob es nur noch auf diese eine Nacht ankäme.«

Justus verengte die Augen. »Das könnte womöglich daran liegen, dass es tatsächlich so ist …«

# Einbruch bei der Goldjägerin

Noch während Justus dem dritten Detektiv berichtete, was Peter und er vorhatten, erreichten sie ihr Ziel. Haley Darlows weiß getünchtes Haus war im mexikanischen Stil erbaut und besaß ein rotes Ziegeldach sowie einen kleinen Erker. Der sattgrüne Rasen auf dem gepflegten Grundstück war sichtlich gut gewässert. Mehrere hoch aufragende Fächerpalmen rund um das Gebäude boten einen guten Sichtschutz zu allen Nachbarhäusern hin.

»Und wie gehen wir jetzt vor?«, fragte Peter, nachdem er seinen MG etwa dreißig Meter entfernt geparkt hatte.

»Da wir nicht ausschließen können, dass Miss Darlow hier nicht alleine lebt, werden wir an der Tür klingeln müssen«, erklärte Justus, während er sein Handy vom Ohr nahm. »Zwar habe ich gerade ihre Festnetz-Nummer angewählt und niemand ist drangegangen, aber darauf dürfen wir uns nicht verlassen. Vielleicht will er oder sie ja nur nicht ans Telefon gehen.«

»Das leuchtet ein«, pflichtete der Zweite Detektiv bei. »Falls uns also jemand die Tür öffnet, brauchen wir eine Strategie.«

»Mir schwebt da schon etwas vor«, erwiderte Justus, während er mit seinem Mobiltelefon eine Suchmaschine aufrief. Mit einem zufriedenen »Na bitte – passt!« hielt er seinem Freund das Handy hin. Zu Peters Überraschung war auf dem Bildschirm eine dürre, ziemlich struppige schwarze Katze zu sehen.

Peter zuckte unschlüssig die Achseln. »Und nun? Soll ich raten oder erklärst du's mir?«

»Nanu, nanu – ich muss mich doch sehr wundern«, erwiderte der Erste Detektiv in gespieltem Erstaunen. »Du erkennst unseren Kater Skinny nicht? Der Streuner ist doch gestern ausgebüxt und bis jetzt nicht wieder aufgetaucht.«

Ein Grinsen huschte über Peters Gesicht. »Sorry, da stand ich kurz auf dem Schlauch. Jetzt fällt mir natürlich wieder ein, warum wir hier in der Nachbarschaft herumfragen.«

»So kommst du doch noch zu deinem Fall mit dem entlaufenen Kätzchen.« Justus stieg aus.

Auf ihr Klingeln an der Tür hin tat sich nichts.

Seufzend zückte Peter sein Dietrichset. »Mir ist klar, dass ich dir nichts Neues erzähle, aber das, was wir hier machen, verstößt gegen das Gesetz.«

»Deshalb sorgen wir ja mit einem Höchstmaß an Vorsicht dafür, dass das Gesetz davon nichts mitbekommt«, entgegnete Justus und machte eine auffordernde Handbewegung.

»Entwaffnende Logik«, murrte Peter und ging an die Arbeit. Wenige Sekunden später machte es ›klack‹ und die Haustür schwang auf. Rasch huschten die Jungen hinein, schlossen die Tür und verharrten stumm. Nichts zu hören. Leise schlichen sie durch einen Flur und erreichten das Wohnzimmer. Der Raum war hell und geschmackvoll eingerichtet. Mehrere Gemälde von beeindruckenden Landschaften zierten die Wände. Zwei bodentiefe Panoramafenster gewährten einen idyllischen Blick auf den hinteren, üppig blühenden Teil des Gartens. Ein leichter Geruch nach Kaffee oder Espresso lag in der Luft. Und noch etwas anderes, das an Kamille erinnerte. Viel wichtiger war jedoch der strahlend weiße Schreibtisch vor dem linken Fenster beziehungsweise das, was sich darauf befand. Zum einen mehrere Bücher, eins davon mit vielen bunten Lesezeichen versehen. Vor allem aber eine Pappschachtel, genauso dunkelgrün wie die Tangury-Kartons, die Tante Mathilda erworben hatte.

Die Jungen eilten zu dem Tisch. Während Peter sich den Karton vornahm, blätterte Justus durch das unbetitelte, in Leder gebundene Buch. Bei diesem versprach er sich die größten Erfolgs-Chancen, da die Lesezeichen darauf hinwiesen, dass viele Dinge in dem Buch Miss Darlow wichtig erschienen waren. Tatsächlich wurde ihm schnell klar, was er da vor sich hatte. »Bingo …«, raunte er und hielt das Buch in die Höhe. »Das hier sind handschriftliche Aufzeichnungen des Zauberers und Hochstaplers Aden Tangury!«

»Und was genau steht da?«, wollte Peter wissen.

Der Erste Detektiv beugte sich wieder über das aufgeschlagene Buch. »Vor allem Geschwafel über seine ›unvergleichlichen Fähigkeiten‹. Große Selbstbeweihräucherung. Deutlich interessanter sind seine Überlegungen zum Ablauf der Vorführungen. Hier wird auch die Höhle erwähnt – unsere Annahme dazu stimmt also.« Justus blätterte weiter nach hinten. »Darüber hinaus ist viel Statistik dabei: Namen, Berufe und Adressen seiner Anhänger sowie deren Spenden – akribisch genau notiert. Und nebenbei bemerkt wahrlich imposante Summen.«

»Hui, das ist stark«, entfuhr es Peter. Dann schaute er missmutig wieder auf den Inhalt des Kartons. »Bei mir sind's bis jetzt nur öde Sachbücher über noch ödere Geschichtsthemen.«

»Manches entdeckt man eben nicht sofort«, munterte Justus ihn auf und wandte sich wieder den Aufzeichnungen des Zauberers zu. »Das Brisanteste an diesen Tabellen ist die jeweils letzte Spalte. Sie enthält bei jeder Person Vermerke zur ›Beeinflussbarkeit durch Hypnose auf einer Skala von eins bis sieben‹.«

Peter schnaubte verächtlich. »Also nichts anderes als Angaben darüber, wie gut Tangury den Leuten mit seinen fiesen Tricks das Geld aus der Tasche ziehen konnte, oder?«

Justus nickte. »Und nach den Zahlen zu urteilen – alle zwischen fünf und sieben – schlug seine Manipulationstechnik ausgezeichnet an. Lediglich in der Spalte von Jasper Holford steht eine Null. Und daneben ist in Großbuchstaben ›VERRÄTER‹ notiert!« Der Erste Detektiv tippte mit dem Zeigefinger auf das Buch. »Wenn *das* hier publik würde, wäre es das unwiderrufliche Aus für die schillernde Legende rund um Baron Barrakuda.«

»Ich freue mich schon darauf zu sehen, wie seine verrückten Fans auf diese Enthüllung reagieren«, knurrte Peter.

»Miss Darlow ging es aber offenkundig um etwas anderes«, erwiderte Justus und blätterte zurück. »Ihre Markierungen zeigen eindeutig, dass sie an Passagen interessiert war, in denen Tangury etwas über die Höhle und den riesigen goldverzierten Barrakuda schreibt. Sie war mit Sicherheit darauf aus, den genauen Standort herauszufinden.«

»Also weiß sie tatsächlich von der Skulptur«, folgerte Peter. »Aber wenn sie so scharf auf diesen Schatz ist, warum hat sie dann trotzdem das Grundstück verkauft?«

»Hmm ...« Soeben hatte Justus am rechten Rand des Schreibtischs, halb verdeckt von einem Burbank-Stadtplan, ein Büchlein entdeckt. Beim Aufschlagen entpuppte es sich als eine Mischung aus Tagebuch und Taschenkalender von Haley Darlow. Eilig überflog der Erste Detektiv die Eintragungen. Dann verkündete er: »Ich habe hier Notizen unserer Saboteurin gefunden. Aus ihnen geht hervor, dass der Verkauf des Grundstücks vor zehn Monaten stattfand. Die Formalitäten hat damals ein Anwalt für Miss Darlow erledigt, da sie sich in diesem Zeitraum wegen eines Auslandsjahrs in England aufhielt. Vor drei Wochen kehrte sie dann zurück und begann mit der Sichtung des Nachlasses von Tangury.«

»Und da sie bekanntlich mit dem Barrakuda-Fanatismus ihrer Vorfahren nichts zu tun haben will, sollten die Fisch-Figuren in den Kartons so schnell wie möglich weg«, fügte Peter an. »Die Bücher dagegen hat sie vorerst behalten.«

»Exakt.« Justus blätterte weiter. »Letzte Woche beginnen dann Eintragungen zu Miss Darlows Nachforschungen hinsichtlich der Höhle und der Barrakuda-Skulptur – bestimmt, weil ihr die Aufzeichnungen des Zauberers in die Hände fielen, die alles veränderten. Angesichts der Brisanz des Inhalts hatte es Tangury mit Sicherheit gut versteckt.«

»Garantiert. So ein Buch stellt man sich ja nicht einfach so in sein Regal. Fragt sich bloß –« Abrupt hielt der Zweite Detektiv inne und blickte auf einen großen Wälzer, den er gerade aus dem Karton genommen hatte.

»Stimmt was nicht?«, fragte Justus irritiert.

»Dieser dicke Schinken ist erstaunlich leicht. Moment …«

Peter öffnete das Buch und hielt es anschließend mit einem triumphierenden »Trara!« dem Ersten Detektiv hin. Im Inneren kam ein rechteckiger Hohlraum zum Vorschein.

Breit lächelnd nahm Justus das Buch entgegen und legte die Aufzeichnungen des Zauberers hinein. Sie passten perfekt, ebenso wie die Farbspuren an den Kanten vom abgewetzten Leder des Einbands.

»Ein Buch im Buch. Nicht gerade originell, aber als Versteck ideal.« Peter grinste. »Einen Wälzer mit dem Titel ›Das spätbyzantinische Reich – Die Zeit der Palaiologenkaiser‹ würde wohl niemand auch nur mit der Kneifzange anfassen.«

Die Augen des Ersten Detektivs begannen zu leuchten. »Fabelhaft, Zweiter! Damit haben wir jetzt eine schlüssige Ereigniskette. Knapp ein Jahr nach dem Verkauf des Grundstücks stieß Miss Darlow zufällig beim Durchstöbern der Bücher auf das Geheimversteck. Als sie nach anschließenden Ermittlungen die Tragweite dieses Funds erkannte, setzte sie sich auf die Fährte des goldgeschmückten Barrakudas!«

»Unterstützt von einem Tangury-Doppelgänger und einem falschen Wachmann«, ergänzte Peter. »Beide wahrscheinlich mit viel Geld geködert. Genug davon hat sie ja wohl durch den Verkauf von Haus und Grundstück.«

»Genug sicherlich«, pflichtete Justus bei. »Aber sie will nun offenbar mehr als ›genug‹. Falls die Proportionen auf der Holford-Grafik stimmen, würde die Skulptur sie noch bedeutend reicher machen.« Er blätterte weiter in Miss Darlows Kalender herum. »Wenn ich ihre Eintragungen richtig deute, konnte sie aus den verschiedenen Passagen der Tangury-Aufzeichnungen nur grob die Position der Höhle eingrenzen. Interessanterweise nicht in direkter Nähe des Hauses, sondern etwa fünfzig Meter entfernt unterhalb eines kleinen Waldstücks.«

»Also ging es ihr beim Aufstacheln der Demonstranten nie um das Haus«, stellte Peter fest. »Sie hat die Ablenkung durch die Demonstranten und das Sabotage-Chaos nur benutzt, um ungestört auf dem Grundstück die Schatzhöhle zu suchen!«

»So sehe ich das ebenfalls. Jetzt müssen wir nur noch –«

In diesem Moment spürte Justus den Vibrationsalarm seines Handys. Als er den Anruf entgegennahm, erklang die Stimme von Alyssa. Gehetzt und offenbar höchst besorgt.

»Justus – ihr müsst *sofort* raus da!«

# Brand auf dem Schrottplatz

Für einen Sekundenbruchteil war der Erste Detektiv einfach nur perplex. »Was ist denn passiert?«

»Gerade wurde die Rothaarige angerufen. In der Menge habe ich mich extra nah an sie rangeschoben, um mithören zu können. Eine Nachbarin hat wohl gefragt, ob sie bei Miss Darlow die Übertragung der Leichtathletik-WM ansehen darf. Ihr eigener Fernseher ist offenbar kaputt. Gleich kommt sie rüber – euch bleiben höchstens ein paar Minuten!«

Augenblicklich war Justus im Alarmmodus. »Alles klar!«

Nachdem er Peter hastig die dramatische Situation erklärt hatte, warf der Zweite Detektiv fluchend alle Bücher wieder in den Karton. Währenddessen knipste Justus mit seinem Handy noch schnell einige Fotos von Tangurys Aufzeichnungen und dem Notizbuch von Miss Darlow. Mitnehmen konnten die Jungen nichts, denn falls ihre Gegnerin vor Einbruch der Nacht noch mal nach Hause kam, würde fehlendes Material sie sofort alarmieren. Mit unvorhersehbaren Folgen.

Nun eilten die Jungen nach draußen und Peter ›verschloss‹ die Haustür wieder. Danach rannten die beiden Detektive im Schutz der Bäume zurück zur Straße. Dort gingen sie in normalem Spaziertempo weiter. Als Justus sich unauffällig umdrehte, registrierte er, dass sie tatsächlich keinen Augenblick zu früh den Rückzug angetreten hatten. Jetzt nämlich betrat eine dunkelhaarige junge Frau, fröhlich vor sich hin pfeifend, das Grundstück von Miss Darlow.

»Puh, das war knapp«, stellte Peter erleichtert fest, als er sich auf den Fahrersitz plumpsen ließ.

»Allerdings«, stimmte Justus zu. »Wie gut, dass Alyssa so ein feines Gehör hat. Jetzt muss ich erst mal Entwarnung geben.« Er zog sein Handy hervor und wählte die Nummer des Mädchens.

»Und?«, fragte Alyssa nervös.

»Gerade noch mal gut gegangen, danke«, entgegnete der Erste Detektiv, immer noch außer Atem. »Ohne deine famose Spionage-Aktion wären wir in große Bedrängnis geraten.«

»Ohoo, ein so schönes Lob von Justus Jonas«, erwiderte das Mädchen geschmeichelt.

Nun informierte Justus sie und den dritten Detektiv darüber, dass es neue spannende Erkenntnisse zu berichten gab.

»Prima!«, erwiderte Bob freudig. »Dann sollten wir uns jetzt wirklich so schnell wie möglich treffen. Kommt ihr zu uns nach Burbank?«

»Natürlich.« Justus zögerte und blickte auf seine Armbanduhr. »Aber ich muss noch kurz zu Hause vorbeischauen.«

»Zu Hause im Allgemeinen oder in der Küche im Besonderen?«, fragte der dritte Detektiv belustigt.

Justus fühlte sich ertappt, ließ sich jedoch nicht aus der Ruhe bringen. »Zunächst und in erster Linie dient der Abstecher dazu, für den heutigen Nachteinsatz noch Material einzupacken«, erklärte er betont sachlich. »Und wenn Peter und ich ohnehin schon vor Ort sind, wäre es ja eine beklagenswerte Verschwendung, Tante Mathilda auf ihrem Mittagessen sitzen zu lassen.«

»Also, ich finde, da hat er recht«, schloss sich Peter an.

»Tja, dermaßen schlüssigen Argumenten kann ich wohl kaum widersprechen«, erwiderte Bob. »Dann halten Alyssa und ich hier solange die Stellung. Um die Ecke hat ein Imbisswagen geparkt – da besorgen wir uns was und suchen uns dann ein Plätzchen in der Nähe der Baustelle.«

»Klingt gut«, erwiderte Justus. »Wir müssen unbedingt die Rothaarige, die Wachmänner und das gesamte Drumherum schon jetzt im Auge behalten.«

»Na, dann viel Erfolg bei der Materialsuche«, gab der dritte Detektiv zurück und fügte mit einem selbst akustisch wahrnehmbaren Grinsen an: »Und natürlich guten Appetit!«

Da Justus die Rückfahrt produktiv nutzen wollte, telefonierte er mit einem weiteren Zauberei-Experten auf seiner Liste. Doch außer der zweifelhaften Information, der Mann könne zum ›Schnäppchenpreis‹ von 250 Dollar gedanklich Kontakt zu Tangurys Geist aufnehmen, kam nichts dabei heraus.

Am Ziel angekommen parkte Peter gegenüber dem Gebrauchtwarencenter, weil sie ja in Kürze wieder nach Burbank aufbrechen wollten. Noch bevor die beiden Jungen durch das Tor liefen, zuckten sie erschrocken zusammen, denn plötzlich zerriss ein Schrei die Luft. Es war Tante Mathilda.

»Das ist eine Katastrophe!«

In höchster Sorge rannten die Jungen auf das Schrottplatzgelände. Fassungslos erkannten sie nun, dass aus einem offenen Blechschuppen, in dem vor allem hochwertige Technik-Ausrüstung gelagert war, dichter schwarzer Rauch herausquoll.

Während Onkel Titus mit einem Feuerlöscher letzte Flammen erstickte, wandte sich die völlig aufgelöste Tante Mathilda zu den Ankömmlingen um. Ein Anflug von Erleichterung huschte über ihr verschwitztes Gesicht. »Justus, Peter – euch schickt der Himmel.«

Justus hob verständnislos die Hände. »Was ist denn hier los?«

Genervt deutete Mrs Jonas auf ihren Ehemann, der das Feuer inzwischen vollständig gelöscht hatte und sich nun schnaufend auf seinen Oberschenkeln abstützte. »Dein patenter Onkel hatte es sich in den Kopf gesetzt, einen hoffnungslos kaputten Waschmaschinenmotor wieder ›in Gang‹ zu bringen. Dabei gab es einen Kurzschluss, Funken flogen und plötzlich stand der halbe Schuppen in Flammen!«

»Jetzt … kann ja nichts mehr passieren«, gab Onkel Titus außer Atem zurück.

Mathilda Jonas funkelte ihn verärgert an. »Stimmt, *jetzt* kann nichts mehr passieren. Weil die Katastrophe bereits passiert ist! Du weißt, dass wir einen Interessenten für die gesamte Elektronik-Ware haben – mit einem Kaufangebot, wie wir es höchstens einmal im Jahr erhalten. Morgen kommt er aus Nevada angereist – bis dahin müssen wir wissen, was wir überhaupt noch anbieten können!«

Beschwichtigend legte Justus seiner Tante einen Arm um die Schulter. »Wir begutachten die entstandenen Schäden und sortieren Stück für Stück, was nicht mehr zu retten ist und was doch noch repariert werden kann.«

»Guter Plan«, schloss sich Peter an. »Ich hole schon mal die feuerfesten Handschuhe aus der Freiluftwerkstatt.«

Mrs Jonas atmete tief durch. Dann versuchte sie sich an einem Lächeln. »Vielen Dank, Jungs.«

Nachdem Justus einen ersten Blick auf das Ausmaß der Beschädigungen geworfen hatte, rief er zunächst Bob an. Er berichtete seinem verdutzten Freund, was geschehen war und dass es vermutlich noch einige Stunden dauern würde, bis er und Peter nach Burbank kommen konnten.

Diese Einschätzung erwies sich angesichts der über zweihundert Gerätschaften, die akribisch gesäubert und auf ihre Funktionstüchtigkeit oder -untüchtigkeit geprüft werden mussten, als zutreffend. Zwischendurch hielt Justus immer wieder Rücksprache mit Bob und Alyssa, die auf ihrem Beobachtungsposten eifrig Internet-Recherche betrieben, um mittels Satellitenbildern und anderen Kartenmaterials das Tangury-Grundstück und das fragliche Wäldchen zu analysieren. Auch die Demonstranten behielten die beiden im Auge, unter ihnen vor allem Haley Darlow, die als Rothaarige verkleidet weiter energisch auf die Zentrumsgegner einredete, um die Stimmung anzuheizen.

Erst um halb elf abends, immerhin gestärkt durch das aufgewärmte Mittagessen von Tante Mathilda – ihre legendären Käse-Makkaroni – konnten die Jungen aufbrechen.

Schnuppernd rümpfte Peter die Nase. »Na wunderbar – der Qualmgestank unserer Klamotten wird ordentlich ins Leder einziehen. Dieses Aroma werde ich bestimmt noch wochenlang im Wagen genießen können.«

»Onkel Titus wird sich gewiss bereit erklären, dir eine Handvoll Duftbäume zur Verfügung zu stellen«, erwiderte Justus mit bemühter Ironie. Er war vollkommen fertig. Die kurze Nacht und jetzt die stundenlange konzentrierte Arbeit an komplizierter Technik zeigten überdeutlich ihre Wirkung. Vermutlich würde er binnen Sekunden in Tiefschlaf fallen, wenn er es sich auf dem Beifahrersitz gemütlich machen würde. Aber das durfte er nicht. Er musste einen klaren Kopf behalten. Energisch nahm Justus eine unbequem kerzengerade Position ein und holte sein Handy hervor. Endlich kam er dazu, sich die rasch geknipsten Fotos von Tangurys Aufzeichnungen und Haley Darlows Notizbuch in Ruhe anzusehen.

Auch Peter kämpfte mit der Müdigkeit. Deshalb versuchte er, durch Unterhaltung konzentriert zu bleiben. »Und? Was konntest du sichern?«

»Haley Darlow hat bei ihren Nachforschungen wirklich ganze Arbeit geleistet. Lage und Ausmaß der Höhle hat sie erstaunlich präzise ermittelt. Dasselbe gilt für die mutmaßliche Größe der Barrakuda-Skulptur, die sie anhand von Tangurys Beschreibungen eingeschätzt hat. Bei knapp *vier* Metern dürfte der Wert des verarbeiteten Goldes sogar noch höher sein, als wir bisher angenommen haben.« Justus rief ein weiteres Bild auf. »Und auch in einem anderen Punkt hat Miss Darlow eine wichtige Entdeckung gemacht.«

»Nämlich?«, fragte Peter gespannt.

»Eine Notiz am Seitenrand der Tangury-Aufzeichnungen weist eindeutig darauf hin, dass es wirklich der Zauberer war, der das Erscheinen des Enthüllungsbuchs verhindert hat«, gab der Erste Detektiv mit ernster Miene zurück. »›JH-Manuskript eingeäschert‹!«

# Ein Uhr dreizehn

»Wow, das ist eindeutig«, hauchte Peter.

Justus klickte das nächste Foto an. Dann runzelte er nachdenklich die Stirn. »Wenn ich eine weitere Rand-Eintragung richtig deute, hat Tangury Holfords Barrakuda-Grafik deshalb behalten, weil er sie als Trophäe nach dem Sieg über seinen Kontrahenten verstand.«

Peter kam erneut ins Grübeln. »Zeit seines Lebens hat sich dieser Zauberer selbst gefeiert, gut und schön. Aber warum hat er seine entlarvenden Aufzeichnungen vor seinem Tod nicht vernichtet? Er wollte doch, dass seine Legende bis in alle Ewigkeit weiterlebt. Und damit wäre es ja ruckzuck vorbei gewesen, wenn sein Geschreibsel an die Öffentlichkeit gekommen wäre.«

»Unter allen bisherigen Fragen zum Fall ›Barrakuda‹ ist diese wohl am einfachsten zu beantworten«, entgegnete Justus. »Wie Bob ja berichtet hat, ist Tangury völlig unerwartet an einem Herzschlag gestorben. Er hatte also keine Gelegenheit mehr für Beseitigungs-Aktionen.« Inzwischen hatte sich Justus den letzten Fotos zugewandt, die er von Miss Darlows Kalender gemacht hatte. »Oh, das ist ja hochinteressant …«

»Klär mich auf«, forderte der Zweite Detektiv.

»In den vergangenen drei Tagen hat Miss Darlow auf die Minute genau die Zeit des Erscheinens vom falschen Tangury eingetragen«, erwiderte Justus. »Viel bedeutsamer ist jedoch die Notiz für *heute Nacht*.«

»Nääämlich?«, fragte Peter gedehnt.

Die Antwort von Justus war kurz, beseitigte jedoch endgültig jeden Zweifel daran, dass Haley Darlow und der falsche Tangury unter einer Decke steckten. »1 Uhr 13 – FINALE.«

»Heute Nacht will sie die Sache also zu Ende bringen«, folgerte der Zweite Detektiv aufgeregt. »Das bedeutet, dass sie die Höhle tatsächlich gefunden hat!«

Eine knappe halbe Stunde später saß das wiedervereinte Quartett auf einer kleinen Mauer gegenüber der Baustelle.

Zunächst ergriff Bob das Wort. »Ich habe noch was zu Tangurys Schwester und deren Nachkommen herausgefunden. Jeder von ihnen lebte in guten Verhältnissen, aber niemand im Überfluss oder gar im Reichtum.«

»Also hat der Zauberer den Riesenfisch bis zu seinem Tod versteckt gehalten«, stellte Peter fest. »Aber warum? Wieso hat er ihn nicht seinen Verwandten vererbt? In seinem Testament hätte er das ja weit vor dem plötzlichen Herzschlag festlegen können.«

Justus verzog den Mund. »So wie ich den Charakter dieses Mannes einschätze, sollte der Mythos des ›Baron Barrakuda‹ auch nach seinem Tod fortbestehen. Deshalb durfte niemand, nicht mal seine eigene Familie, erfahren, dass hinter seiner übersinnlichen Wunderverwandlung eine überaus weltliche Statue steckte.«

»Ein eiskalter Egoist«, zischte der dritte Detektiv.

Nachdem Justus und Peter nun von ihren Erkenntnissen berichtet hatten, schaute Alyssa zu der Frau mit der roten Perücke hinüber, die eifrig redend zwischen den Tangury-Demonstranten hin- und herwanderte. »Es ist wirklich unglaublich. Diese Darlow peitscht die Leute zur Gewalt auf, obwohl sie den Barrakuda-Kult idiotisch findet.«

»Geldgier kann eine sehr zerstörerische Antriebskraft sein«, erwiderte Justus und folgte Alyssas Blick zur Baustelle. »Wie es aussieht, haben Miss Darlows Anstachelungen von heute Mittag Wirkung gezeigt. Die Zahl der Zentrums-Gegner ist deutlich größer als gestern.«

Peter nickte. »Es sind fast doppelt so viele wie die Befürworter. Und mittendrin Mr Wilmington, der wie ein aufgescheuchtes Huhn von einem zum anderen läuft.«

»Es wird wirklich höchste Zeit, dass dieser ganze Zirkus aufhört«, murmelte Alyssa besorgt.

»Genau das wollen …« Bob brach abrupt ab.

Verdutzt sah Justus ihn an. »Stimmt etwas nicht?«

»Zirkus …«, raunte Bob. Dann zog er hastig sein Mobiltelefon aus der Hosentasche und gab etwas in die Tastatur ein.

»Weihst du uns ein?«, fragte Alyssa verwirrt.

Statt direkt zu antworten, wandte sich Bob aufgeregt an den Ersten Detektiv. »Du sagtest doch, dass Onkel Titus uns für die Ablade-Arbeiten Karten für den Zirkus ›Varelly‹ schenken will, der gerade in der Gegend gastiert.«

»Das ist richtig«, erwiderte Justus. »Aber was –«

»HA!« Bob tippte triumphierend auf das Display seines Handys. »Wir haben uns doch immer gefragt, wie der Pseudo-Tangury seine unglaublichen Aktionen fertigbringen konnte, die selbst ein Parkour-Profi nicht hinbekäme. Die Antwort lautet: Er ist ein Akrobat und der Star in diesem Zirkus ›Varelly‹! Genauer gesagt ein brillanter Seiltänzer mit dem Künstlernamen ›Der grandiose Gadoro – Jahrhundertmeister der Balance‹. Und jetzt ratet mal, was sein berühmtes Schlusskunststück ist«, forderte der dritte Detektiv das Trio auf.

»Tu bitte nicht so, als wärst du Justus, und sag's uns einfach«, bat Peter.

»Am Ende seiner spektakulären Seiltanznummern segelt er immer von der höchsten Mastplattform aus mit einem Mini-Gleitschirm zu Boden. Und ich verwette mein Archiv darauf, dass er genau auf diese Weise, geschützt durch die Dunkelheit, vom Wassertank entkommen konnte!«

»Ausgezeichnet, Bob!«, lobte Justus.

»Dann bleibt aber immer noch die Frage, wie der Typ unbemerkt von mir die Leiter raufkam«, wandte Alyssa ein.

»Ich glaube inzwischen, dass der grandiose Gadoro ein Mann mit unendlicher Geduld sein muss.« Justus blickte das Mädchen an. »Und aus diesem Grund muss ich mich in aller Form bei dir entschuldigen.«

Angesichts dieser bemerkenswerten Aussage des Ersten Detektivs hoben Bob und Peter erstaunt die Augenbrauen.

»Du *konntest* ihn nicht sehen, weil er offenkundig doch bereits Stunden vor seinem Auftritt auf dem Tank Position bezogen hat«, erklärte Justus. »Er war also schon längst oben, bevor du eingetroffen bist. Über die Gründe lässt sich nur spekulieren, aber ich tippe auf den zeitlichen Aufwand hinsichtlich Maske und Flucht-Technik.«

»Das würde seinen unsichtbaren Aufstieg erklären«, stimmte Bob zu.

Justus nickte. »Den Rest rund um diese Ablenkungs-Person wird die Polizei zu klären haben, wenn das alles hier überstanden ist. Unser Fokus gilt nun allein der Täterin – Miss Darlow. Zunächst müssen wir uns – natürlich in gebührendem Sicherheitsabstand – davon überzeugen, dass sie tatsächlich für die Sabotage verantwortlich ist.« Justus schaute zum Bauzaun hinüber. »Und dass sie heute Nacht wirklich die Barrakuda-Skulptur stehlen will.«

»Und was ist mit diesem Kapuzentyp?«, gab Peter zu bedenken. »Wenn der mit Miss Darlow unter einer Decke steckt und heute Nacht wieder am Start ist, werden wir ihr und ihrem Komplizen wohl kaum ungesehen folgen können.«

»Oh, das hätte ich ja fast vergessen – um den Mann mit der Drohne müssen wir uns keine Sorgen machen«, klinkte sich Bob unvermittelt ein. »Bei weiteren Recherchen heute Nachmittag bin ich auf einen Internetkanal namens ›Above Tangury‹ gestoßen. Das Profilbild zeigt eine Silhouette mit grünem Kapuzenpullover.«

»Hört sich irgendwie bekannt an«, murmelte Peter.

»Es handelt sich eindeutig um eine weitere Fan-Plattform«, fuhr Bob fort. »Und dem Typen geht es beim Filmen nicht um Einzelheiten bei den Demonstranten oder den Wachleuten, sondern einzig und allein um den leuchtenden Zauberer. Sobald der Pseudo-Tangury auftritt, ist der Zoom ausschließlich auf ihn gerichtet. Von den Orten der Sabotage ist rein gar nichts zu sehen. Mister Kapuze gehört also mit ziemlicher Sicherheit nicht zum Team Darlow.«

»Gute Neuigkeiten«, stellte Justus fest. »Demnach wird über uns *kein* Alarmvogel am Himmel schweben, wenn wir der bösen Lady und ihrem Begleiter um Punkt ein Uhr dreizehn auf die Baustelle folgen. Apropos ›folgen‹ – während unserer Expedition zur Barrakuda-Höhle sollte einer von uns hier draußen die Stellung halten und auf ein Signal hin die Polizei alarmieren. Wer möchte?«

»Also ich nicht«, stellte Alyssa klar. »Ich will dabei sein, wenn wir die Dame hochnehmen, die aus Geldgier in Kauf nimmt, dass ein so tolles Projekt wie unser Zentrum stirbt.«

»Wenn's für euch okay ist, übernehme ich den Außenposten«, bot sich Bob an. »Dann kann ich die Zeit nutzen, um noch ein paar Dinge im Internet zu prüfen.«

»Gut, dann ist das hiermit beschlossen«, erwiderte der Erste Detektiv und blickte in die Runde. »Es besteht allerdings ein technisches Problem. Wenn wir wirklich in eine Höhle steigen, haben wir da vielleicht keinen Empfang und können dich nicht per Handy kontaktieren, Bob.«

»Guter Punkt«, stimmte Peter zu. »Dann sollte einer von uns dreien, die Miss Darlow in die Höhle folgen, so nahe am Eingang bleiben, dass der Handyempfang gewährleistet ist. Ich melde mich gern freiwillig.« Dabei hob der Zweite Detektiv eilig die Hand.

»Warum wundert mich das wohl nicht?«, murmelte Justus schmunzelnd.

»Prima, dann ist ja alles geklärt.« Alyssa schaute auf ihre Armbanduhr. Es war genau ein Uhr. »Noch dreizehn Minuten. Allmählich sollten wir uns auf die Lauer legen.«

Kurz darauf hatten sich die vier an einer zuvor besprochenen Stelle hinter einem dichten Hibiskusbusch in Stellung gebracht.

»Und da kommt auch schon Miss Darlow, hübsch uniformiert.« Peter deutete auf den linken Rand der Baustelle. »Sie wartet mit ihrem Komplizen auf den Startschuss von Tangury.«

Und dieser erfolgte auf die Sekunde genau. Punkt ein Uhr dreizehn ging ein entfesseltes Jubeln und Kreischen durch die Reihen der Tangury-Fans, als die leuchtende Gestalt diesmal auf dem Dach des leer stehenden Drugstores erschien und plangemäß alle Blicke auf sich zog.

»Es geht los!«, zischte Justus. »Das kriminelle Duo huscht durch den Zaun!«

# Alles anders

Wie besprochen blieb Bob hinter dem Busch in Deckung, während Justus, Peter und Alyssa etwas verzögert ebenfalls durch den geheimen Zugang auf die Baustelle schlüpften. Nun kam das ›Material‹ zum Einsatz, das der Erste Detektiv am Nachmittag in der Zentrale eingepackt hatte: ein ehemals defektes Fernglas mit Restlichtverstärker, das er vor einigen Wochen repariert hatte und das es ihnen nun ermöglichte, Miss Darlow und ihrem Kompagnon in sicherem Abstand zu folgen. Taschenlampen konnten sie natürlich nicht verwenden, da man sofort auf das Licht aufmerksam werden würde.

»Siehst du sie?«, fragte Peter im Flüsterton.

»Ja, sie bewegen sich auf ein kleines Waldstück zu. Genau wie es Miss Darlows Notizbuch und Tangurys Aufzeichnungen zu entnehmen war. Wenn ich es richtig sehe, benutzen sie Stirnlampen, vermutlich um in der Höhle die Hände frei zu haben. Trotzdem riskant, sie jetzt schon einzuschalten.« Justus spähte mit dem Fernglas in alle Richtungen. »Seltsam …«

»Hast du was entdeckt?«, wollte Alyssa wissen.

»Ganz im Gegenteil – ich kann keinen einzigen Wachmann auf der Baustelle sehen«, gab Justus nachdenklich zurück. »Auch wenn die meisten Sicherheitsleute draußen gebraucht werden, müsste doch trotzdem jemand dazu eingeteilt worden sein, hier nach dem Saboteur Ausschau zu halten.«

»Wobei ich mich frage, warum bis jetzt gar kein Anschlag passiert ist«, gab Peter zurück. »Wir dachten doch, dass Miss Darlow die Tangury-Auftritte *und* die Sabotage an den Baumaschinen dazu benutzt hat, um von ihrer Schatzsuche abzulenken. Aber jetzt geht sie mit ihrem Kumpel schnurstracks zum Waldstück, ohne vorher irgendwo Schaden anzurichten.«

Als wollte man ihn Lügen strafen, loderte plötzlich am anderen Ende der Baustelle eine Stichflamme auf.

»Was ist *das* denn jetzt?«, fragte Alyssa irritiert. »Das kann doch unmöglich Miss Darlow gemacht haben!«

»Das kommt in der Tat überraschend, aber unmöglich ist es nicht«, gab Justus zu. »Vielleicht handelt es sich um einen Fernzünder. Jedenfalls brennt dahinten irgendeine Baumaschine.« Er wandte sich dem Wäldchen zu, in dem das Flackern von Miss Darlows Stirnlampe kaum noch zu erkennen war. »Aber jetzt los – wir dürfen die Höhlenforscher nicht aus den Augen verlieren!«

Bereits nach wenigen Metern konnte Justus auf das Nachtsichtfernglas verzichten, denn ein matt schimmerndes Lichtfenster im Waldboden, offensichtlich der geöffnete Zugang zu einem unterirdischen Tunnel, wies eindeutig den Weg.

»Wieder ziemlich unvorsichtig«, wunderte sich Peter.

»Offenbar gehen die beiden davon aus, dass niemand in Richtung Bäume schaut, solange es so weit entfernt auf der Baustelle brennt«, mutmaßte der Erste Detektiv.

»Seht mal«, raunte Alyssa. »Da drüben steht ein großer Van mit getönten Scheiben.«

»Klar – die müssen den Riesenfisch ja irgendwie von hier wegbekommen«, folgerte Peter.

»Mutmaßlich irgendwann im Lauf des morgigen Tages«, nahm Justus an. »Ganz bequem – mit dem Wachmann am Steuer wird ja niemand Verdacht schöpfen. Mutmaßlich war es auch der Schmächtige, der den Wagen hier unter irgendeinem Vorwand geparkt hat.«

Zornig ballte das Mädchen die Fäuste. »Aber denen werden wir die Suppe gehörig versalzen.«

Justus nickte und äugte vorsichtig in den Zugang zum Tunnel, den sie gerade erreicht hatten. »Ah, das dachte ich mir. Ein flach abfallender, mit massiven Holzbohlen abgestützter Tunnelschacht. Tangury fand es zu gefährlich, seine Gäste mit verbundenen Augen eine Treppe runterkraxeln zu lassen.«

»Von einer Höhle ist aber nichts zu sehen«, stellte der Zweite Detektiv fest.

»Nein, am Ende des Schachts ist eine Biegung.« Justus straffte sich. »Okay. Dann alles nach Plan: Peter, du bleibst hier oben in Deckung und rufst auf unser Signal hin die Polizei.«

Mit energischer Miene trat Alyssa an die Seite des Ersten

Detektivs. »Und wir beide überzeugen uns jetzt davon, dass die Gangster tatsächlich auf Fischfang sind.«

So leise wie möglich machten sich Justus und das Mädchen an den Abstieg. Dank des kalten Lichts mehrerer auf dem Boden liegender Neonleuchten, die Miss Darlow und ihr Komplize offensichtlich dort ausgelegt hatten, war es kein Problem, sich zu orientieren. Im Inneren des Tunnels herrschte ein modrig-strenger Geruch nach altem Holz und verfaultem Laub. Wie spitze Krallen waren im Laufe der Jahrzehnte unzählige dürre Wurzeln durch die Wände des Gangs gestoßen. Erfreut stellten Justus und Alyssa fest, dass sie immer noch Handy-Empfang hatten. Nach etwa dreißig Metern hatten die beiden die Biegung erreicht. Und tatsächlich war nun leises Gemurmel zu vernehmen. Mit einer Mischung aus Anspannung und Nervosität lugten Justus und Alyssa um die Ecke. Unwillkürlich hielten beide den Atem an. Die Höhle, die sich vor ihnen auftat, war etwa acht Meter breit und fünfzehn Meter lang. Ganz am Ende stand ein tiefschwarzes Podest. Und darauf … Der Erste Detektiv hatte im Laufe der Zeit schon so manch Bizarres und Monströses gesehen. Aber trotz aller Fantasie hatte er nicht mit diesem Anblick gerechnet, der die Illustration von Jasper Holford an Unheimlichkeit bei Weitem übertraf. Die deutlich über vier Meter große Barrakuda-Statue war unglaublich realistisch gestaltet. Im Licht der Neonröhren funkelten nicht nur die riesigen eiskalten Augen des Raubfischs, sondern auch sämtliche seiner metallisch-blauen Schuppen. Hunderte, wenn nicht tausende. Das grässliche Maul war so weit aufgerissen, dass mühelos ein Kind hineinpassen würde. Gespickt mit beinahe dolchgroßen Fangzähnen, golden schimmernd, ebenso wie die Augen und sämtliche Flossen an Brust, Rücken und Schwanz. Links und rechts der Skulptur standen – von den heimlichen Beobachtern abgewandt – Miss Darlow und der Wachmann.

Nachdem sich Alyssa wieder gefangen hatte, fragte sie sich, ob sie gerade wirklich zusammengezuckt war. Vor Justus wollte sie auf keinen Fall Schwäche zeigen. Deshalb entschied sie sich für einen sarkastischen Spruch. »Sieh mal«, raunte sie dem Ersten Detektiv ins Ohr. »Miss Darlow hat ihre falschen Haare in einen Werkzeugkasten gestopft. Jetzt sieht es so aus, als würde ein Eichhörnchen drin wohnen.«

Statt eine Antwort zu geben, verharrte Justus nur stumm. Ihm war ein Gedanke durch den Kopf geschossen, der *alles* grundlegend veränderte. Schließlich flüsterte er: »Haare …«

Das Mädchen blickte ihn entgeistert an. »Haare?«

Justus griff ihren Ellenbogen und zog sie einige Schritte in den Gang nach oben zurück. »Bei meinem Interview hat Mr Wilmington über den falschen Zauberer geschimpft. Er nannte ihn ›einen größenwahnsinnigen Glatzkopf‹.«

Alyssa wusste nicht, worauf Justus hinauswollte. »Ja, und?«

»Der Hut!«, entfuhr es dem Ersten Detektiv. »Bei seinen Auftritten trug der Akrobat immer einen Hut. Zu *keinem* Zeitpunkt, weder auf den Handy- noch auf den Drohnen-Videos, war sein Kopf unbedeckt. Außerdem agierte er stets *oberhalb* seines ›Publikums‹. Daraus folgt: Nur wer den Tangury-Darsteller von Angesicht zu Angesicht und *ohne* Hut gesehen hat, kann von seiner Glatze wissen.«

Jetzt sickerte die Erkenntnis in das Bewusstsein des Mädchens. Eine überaus erschreckende Erkenntnis. »Dann … steckt der Bauleiter ja in der ganzen Sache mit drin!«

In diesem Moment spürte Justus den Vibrationsalarm seines Handys in der Jeanstasche. Es war Bob. Und er schien völlig außer sich zu sein. Er redete wie ein Wasserfall los, als Justus den Anruf annahm.

»Just – wir lagen die ganze Zeit völlig falsch! Gerade habe ich mir noch mal das Luftvideo vom Zaunlauf des Akrobaten angesehen, weil mir irgendetwas daran seltsam vorgekommen war. Der Kapuzentyp hat zwar schnell die leuchtende Gestalt ins Visier genommen, aber kurz vorher kann man noch das Geschehen vor der Baustelle erkennen. Und da ist zu sehen, wie Teile der Wachmannschaft plötzlich wie auf ein Kommando hin weit nach links ausschwärmen, um verstreute Demonstranten vom Zaun abzudrängen. Und zwar direkt vor –«

»… dem geheimen Zugang, durch den Sekunden später Miss Darlow und ihr Komplize schlüpften«, ergänzte Justus in heiserem Flüsterton. Sein Gesicht war kreidebleich geworden. »Nicht nur Mr Wilmington ist an diesem Verbrechen beteiligt, sondern auch Teile seines Sicherheitsteams …«

Doch noch bevor Justus mit Alyssa die Flucht antreten konnte, brach die gesamte Situation buchstäblich auseinander. Denn plötzlich stieg dem Ersten Detektiv ein prägnanter Geruch nach Kamillentee in die Nase. Sein Kopf wirbelte zu der Bodenöffnung herum. Durch den Zugang trat nun Peter mit gesenktem Kopf und hängenden Schultern. Hinter ihm mehrere Männer, die ihn nach unten geleiteten.

Während die Gruppe auf sie zukam, erkannten Justus und Alyssa, dass Conrad Wilmington höchstpersönlich dabei war.

Mit süffisantem Lächeln streckte der Bauleiter die Hand aus. »Eure Handys, wenn ihr so lieb sein wollt.«

Notgedrungen folgten die beiden der Anweisung.

»Die Typen saßen im Van«, raunte der Zweite Detektiv betreten. »Ich hatte keine Chance.«

Kurz darauf wurde auch der frustrierte dritte Detektiv nach unten geführt.

Schlagartig wurde Justus bewusst, welcher zutiefst ärgerliche Denkfehler ihm, vermutlich wegen seines starken Erschöpfungszustands, unterlaufen war: Eine so große und entsprechend schwere Skulptur wie der Barrakuda hätte niemals von nur zwei Leuten aus der Höhle hinausgetragen werden können. Es *mussten* also zwangsläufig weitere Personen in den Plan eingeweiht sein. Tatsächlich erkannte er nun in den Händen der uniformierten Männer neben ihren Schlagstöcken lederne Tragegurte.

Mr Wilmington, immer noch breit lächelnd, machte eine übertrieben einladende Handbewegung in Richtung Höhle. »Wenn ich bitten darf – es wird Zeit für einen gemeinschaftlichen Abschluss …«

Als die eigenartige Karawane in die Tangury-Höhle einbog, breitete sich ein triumphierendes Grinsen auf Miss Darlows

Gesicht aus. Die Miene des schmächtigen Wachmanns blieb hingegen völlig unbewegt.

Mit unverhohlenem Stolz deutete Conrad Wilmington auf die imposante Skulptur. »Da ist er also, der legendäre Barrakuda. Nachdem unsere fleißige Hobby-Archäologin die völlig zugewachsene Bodenluke gestern erst frühmorgens kurz vor dem Eintreffen der Bauarbeiter entdeckt hat, mussten wir bis heute Nacht warten, um den Abtransport in die Wege zu leiten.«

»Und da offenbar große Teile der Security zu Ihrer Bande gehören, wird das jetzt problemlos über die Bühne gehen«, ergänzte Bob grimmig. »Niemand wird Sie kontrollieren oder gar aufhalten.«

»›Bande‹ klingt aber arg negativ«, erwiderte der Bauleiter mit tadelndem Tonfall. »Wir sprechen lieber von Familie, zu der ihr, nebenbei bemerkt, nun ja irgendwie auch gehört.«

»*Wir*?«, entfuhr es der empörten Alyssa. »Sie sind wohl –«

Doch Justus gebot ihr mit erhobener Hand Einhalt. Dann wandte er sich an Miss Darlow. »Dürfte ich von Familienmitglied zu Familienmitglied eine Frage stellen?«

Das Grinsen der Frau wandelte sich zu einem erstaunlich sympathisch wirkenden Lächeln. »Aber natürlich, nur zu.«

# In der Höhle des Barrakudas

Der Erste Detektiv beschrieb mit seiner Hand einen großen Bogen. »Es ist ja mehr als offensichtlich geworden, dass hier alles mit allem zusammenhängt, wie in einer gut geölten Maschine. Dennoch deutet Ihr heimliches Betreten der Baustelle darauf hin, dass Sie hier zumindest nicht nach Belieben schalten und walten können. Daraus schließe ich, dass nicht das gesamte Sicherheitsteam in der Sache drinsteckt.«

Mr Wilmingtons Miene nahm einen ungehaltenen Ausdruck an. »Da muss ich dir wohl oder übel recht geben. Von einigen Mitarbeitern wusste ich, dass sie leider viel zu anständig sind und niemals gegen ›Satterfield‹ vorgehen würden.«

»Deshalb verzichteten Sie bei diesen Personen von vornherein auf ein Bestechungsangebot«, folgerte Bob.

»Schon wieder ein so böses Wort.« Mahnend hob der Bauleiter den Zeigefinger. Dann seufzte er. »Aber es stimmt – ein Teil unserer Mannschaft darf keinesfalls von alldem hier etwas mitbekommen.«

»Und warum haben Sie Miss Darlow nicht einfach als offizielles Mitglied der Security vorgestellt?«, wollte Peter wissen.

»Das hätte ich ja gerne gemacht«, erwiderte Wilmington mit leidendem Tonfall. »Aber bei einem so großen Projekt gibt es bei allen Bewerbern intensive Checks hinsichtlich der Qualifikation: Kommandos, Notfallabläufe, Selbstverteidigung und so weiter. Die ›Satterfield‹-treuen Wachleute hätten binnen Minuten gemerkt, dass die liebe Haley mit dem gesamten Sicherheitshandwerk nicht vertraut ist.«

»Das hätte natürlich für unliebsames Misstrauen gesorgt«, ergänzte Alyssa. »Und für Aufmerksamkeit, die Sie absolut nicht gebrauchen konnten.«

»Schlaues Mädchen«, entgegnete Miss Darlow. »Auch als Bauarbeiterin konnte mich Conrad nicht einschleusen, weil ich von dieser Arbeit noch weniger Ahnung habe. Außerdem wäre es unweigerlich aufgefallen, wenn ich mich ständig in ein weit entferntes Wäldchen absetze, um da rumzubuddeln.«

»Also blieb Ihnen nichts anderes übrig, als die Aktionen auf die Nächte zu verlegen«, schloss der Erste Detektiv. »Und Miss Darlow musste an allen Schauplätzen getarnt auftreten. Zunächst mit Rothaarperücke und Brille, um die Demonstranten auszuhorchen und die Tangury-Fans anzustacheln. Und später dann verkleidet als Wachfrau, um sich auf die Baustelle zu schleichen.«

»Gedeckt durch Ihre eingeweihten Sicherheitsleute«, fügte der dritte Detektiv an. »Die dafür zuständig sind, einerseits ihre unwissenden Kollegen und andererseits die Demonstranten im entscheidenden Moment von dem geheimen Zugang im Zaun wegzulotsen.«

»Unterstützt durch den ›grandiosen Gadoro‹, der als vermeintlich zurückgekehrter Tangury für Ablenkung sorgt.« Justus blickte den Bauleiter an. »Aber das ist nicht seine eigentliche Aufgabe.«

Mr Wilmington hob anerkennend die Augenbrauen. »Ihr seid wirklich gut, das muss ich neidlos anerkennen. Auch in diesem Punkt liegt ihr richtig. Die vorrangigen Ziele der Gadoro-Auftritte sind Aufwiegelung zu Protest und Zerstörung. Das hängt damit zusammen, dass ich, lange bevor Miss Darlow mit ihrem verlockenden Barrakuda-Angebot an mich herantrat, bereits eine andere Vereinbarung geschlossen hatte. Einen Pakt, der verhindern soll, dass die Firma Satterfield das Zentrum hier baut.«

»Wenn ich da mal so vor mich hin raten darf: Es war ein Pakt mit ›Kingsburry‹?«, fragte Bob, der sich an den Verlauf der Vergabe des Bau-Auftrages und an die Anti-›Satterfield‹-Kampagne in den Zeitungen erinnerte. »Derselbe Konzern, der bei der Ausschreibung für das Zentrum den Kürzeren gezogen hat, besticht anschließend den Bauleiter der Gewinner-Firma, damit der den eigenen Betrieb sabotiert.«

»Und zwar mit aufgehetzten Magier-Fans und zerstörtem Baugerät«, ergänzte der Zweite Detektiv. »Also ist die Sabotage nicht auf Miss Darlows Mist gewachsen, sondern auf Ihrem, Mr Wilmington. Ausgeführt von den eingeweihten Wachleuten, denen Sie genaue Anweisungen gegeben haben.«

»Kompliment, ihr Lieben – besser hätte selbst ich es nicht zusammenfassen können.« Mr Wilmington zuckte die Achseln. »Zuletzt hatte ich geschäftlich eine Menge Pech und muss nun dringend mein Konto aufbessern.«

»Und dann setzte die ›liebe Haley‹ dem Ganzen noch einen drauf«, folgerte Alyssa, die ihre Empörung nur mühsam unterdrücken konnte. »Deshalb gingen Sie mit ihr einen zweiten Deal ein: Wenn Miss Darlow nachts ungestört nach der Schatzhöhle suchen darf, bekommen Sie und die eingeweihten Wachleute einen schönen Anteil am Gewinn.«

»Überaus intelligent«, lobte die Frau. Ihr Blick blieb jedoch so kalt wie die goldenen Augen des Raubfischs.

Der Erste Detektiv richtete sich wieder an den Bauleiter. »Aber weil ein Erfolg der Suche keineswegs sicher war, behielten Sie parallel die Sabotage-Strategie bei.«

Wilmington knipste wieder sein breites Lächeln an. »Ein kluger Mann hat immer zwei Eisen im Feuer.« Er deutete zur Decke der Höhle. »Morgen Nacht versetzen wir ›Satterfield‹ endgültig den Todesstoß. Da täuschen wir auf dem Höhepunkt der Tangury-Show eine Überforderung der Security vor und lassen die Meute durchs Tor brechen. Der Polizei werde ich im Vorfeld – wie in den bisherigen Nächten – telefonisch bis zuletzt glaubhaft versichern, dass wir dank aufgestockter Sicherheitskräfte alles im Griff haben. Wenn die Ordnungshüter dann eintreffen, haben die Magier-Fans hier alle Maschinen kurz und klein geschlagen.«

»Damit wäre ›Satterfield‹ ein für alle Mal am Ende«, stellte

Bob fest. »Von einem solchen finanziellen Schaden erholt man sich nicht mehr.«

»Anschließend würde ›Kingsburry‹ als strahlender Retter in der Not auftreten und den Bauauftrag übernehmen«, fügte Justus an. »Nach dem, was ich gelesen habe, mit anderem Schwerpunkt: weniger Soziales, mehr Kommerz. Und natürlich würde der falsche Tangury von nun an fernbleiben und die Zusammenarbeit zwischen der neuen Security und der Polizei deutlich intensiviert werden. Die Magier-Demonstranten dürften dann kein Problem mehr sein.«

»Schweinerei …«, knurrte Peter leise.

»Jeder muss eben sehen, wo er bleibt«, erwiderte Wilmington gelassen. »Und seit ich nach dem Gespräch mit dir, Justus, ein Auge auf euer findiges Team geworfen habe, ging mir natürlich auch die Frage durch den Kopf, wo wir mit *euch* bleiben. Wegen eines Zeitungsartikels über einen von euch gelösten Fall hier in Burbank kannte ich nämlich dein Gesicht. Deshalb war es –«

Der folgende Satz von Justus, mit dem er den Bauleiter harsch unterbrach, ließ alle in der Höhle für einen Moment verstummen. Die einen erstaunt, die anderen schockiert.

»Zwanzigtausend für jeden von uns vier.«

Bobs Augenlider flatterten. Das, was Justus Jonas da gerade gesagt hatte, widersprach fundamental allem, wofür er und die drei ??? standen: Gerechtigkeit, Moral, Anstand. Das Gute. Doch in derselben Sekunde durchfuhr ihn die Erkenntnis, dass sein Freund mal wieder einen Plan verfolgte. Deshalb drückte

Bob unauffällig Alyssas Handgelenk, um das sichtlich erschütterte Mädchen davon abzuhalten, Justus an den Kopf zu werfen, dass er wohl völlig den Verstand verloren habe. Dies funktionierte glücklicherweise. Bei einem kurzen Blickkontakt mit dem Zweiten Detektiv stellte Bob erleichtert fest, dass auch Peter die Finte verstanden hatte.

»Nun …«, ergriff Conrad Wilmington wieder das Wort. Er wirkte durchaus nicht wie jemand, der gerade aus dem Konzept gebracht worden war. Er schien vielmehr angenehm überrascht zu sein, von der geschäftsmäßigen Sachlichkeit seines Gesprächspartners. »Das ist doch schon mal eine solide Verhandlungsgrundlage.«

»Keine Verhandlung«, widersprach der Erste Detektiv mit fester Stimme. »Zwanzigtausend für jeden von uns oder die ganze Story geht noch heute Nacht an die Medien.«

»Lieber Justus«, klinkte sich jetzt Miss Darlow mit spöttisch erhobener linker Augenbraue ein. Sie und ihr Komplize waren inzwischen an die Seite des Bauleiters und seiner Männer getreten und standen nun den drei Detektiven und Alyssa gegenüber, die sich vor den Barrakuda gestellt hatten. Zehn Erwachsene gegen vier Jugendliche. »Kann es sein, dass du eure Position hier ein klitzekleines bisschen überschätzt?«

Der Erste Detektiv wandte der Frau bewusst langsam den Kopf zu. »Nein, der ›liebe Justus‹ überschätzt *gar nichts*. Oder glauben Sie allen Ernstes, Sie könnten uns nach Abtransport Ihres Fischs einfach so hier unten verbuddeln?« Nacheinander blickte er jedem der Wachleute, dann wieder Miss Darlow tief in die Augen. »Ein Mensch, der sich bestechen lässt, ist nicht gleichbedeutend mit einem Menschen, der über Leichen geht.«

Mr Wilmington wedelte hektisch mit den Händen. »Bitte, bitte – das Gespräch geht gerade in eine völlig falsche Richtung. Wir hatten uns doch darauf verständigt, dass wir alle eine große Familie sind.« Er lächelte das Quartett nervös an. »Ich versichere euch, dass wir dieses Problem zu unser aller Einvernehmen lösen werden.«

Alyssa, die gerade unauffällig einen Blick auf die Tunnelbiegung geworfen hatte, setzte nun ihrerseits ein breites Lächeln auf. »Keine Sorge, das Problem *ist* bereits gelöst.«

»Und zwar *nicht* einvernehmlich!«, ertönte jetzt aus dem Hintergrund eine tiefe Bassstimme.

Das gesamte Verbrecherteam wirbelte herum – und erstarrte. Am Eingang der Höhle stand ein breitschultriger Hüne, flankiert von mehreren Polizeibeamten. Deren gezogene Dienstpistolen veranlassten die ›Satterfield‹-Wachleute augenblicklich dazu, ihre Schlagstöcke auf den Boden zu legen.

Während Miss Darlow regelrecht eingefroren war, begann der Bauleiter am ganzen Leib zu zittern. Fassungslos richtete er seinen Blick wieder auf das Quartett. »Aber … das … kann nicht sein. Ihr … konntet unmöglich einen Notruf absetzen.«

»Für einen normalen Notruf hätte die Zeit in der Tat nicht gereicht«, bestätigte Justus.

»Aber für einen Druck auf meine Fernando-Alarmtaste«, ergänzte Alyssa mit sichtlicher Genugtuung. »Vor unserem Einsatz habe ich meinem Kumpel gesagt, wo der geheime Zugang im Zaun ist und dass er die Polizei rufen soll, wenn er mein ›SOS‹-Signal bekommt. Per GPS-Tracking konnte man uns dann problemlos finden.«

»Ganz einfach«, fügte Bob grinsend an.

»Dann war das ganze Gerede …«, setzte der Bauleiter an.

»Reine Hinhaltetaktik«, bestätigte Justus lächelnd.

In diesem Moment explodierte der so harmlos wirkende Mr Wilmington regelrecht und stürzte sich laut schreiend auf den Ersten Detektiv.

Da sich die Officer nicht in Zugriffsnähe befanden, reagierte Peter geistesgegenwärtig, stellte sich dem tobenden Bauleiter entgegen und nahm ihn blitzschnell in den Polizeigriff. Dieser schmerzhafte Schulterhebel, bei dem der Arm des Gegners hoch gegen dessen Rücken gepresst wird, ließ sofort jeden Widerstand des Mannes zusammenbrechen.

Der Rest war Routine. Die Barrakuda-Bande wurde über ihre Rechte aufgeklärt und anschließend abgeführt. Der leitende Beamte bat die drei Detektive und Alyssa, sich am nächsten Vormittag im Burbank Police Department einzufinden, um ihre Aussagen zu machen.

Als das Quartett wenig später wieder auf dem inzwischen geräumten Gelände vor der Baustelle stand, hielt Justus kurz inne. »Liebes Team, ich bin sehr erfreut, hiermit festhalten zu können: Der Fall ›Barrakuda‹ ist abgeschlossen.«

»Hurra!«, entfuhr es dem erleichterten Zweiten Detektiv.

»Und was denkt ihr, wie es jetzt weitergeht?«, fragte Alyssa.

»Die Gerechtigkeit wird ihren Lauf nehmen«, war Justus überzeugt. »Conrad Wilmington, Haley Darlow und alle Helfershelfer müssen sich vor Gericht verantworten. Nicht zu vergessen der ›grandiose Gadoro‹, der vermutlich sehr bald festgenommen und verhört wird. Und natürlich werden auch die ›Kingsburry‹-Verantwortlichen zur Rechenschaft gezogen und für sämtliche Schäden auf der Baustelle aufkommen müssen.«

»›Satterfield‹ kann die Arbeit am bürgerfreundlichen Zentrum also wie geplant fortsetzen«, fügte Bob an.

Der Erste Detektiv nickte. »Ich könnte mir angesichts der jüngsten Entwicklungen allerdings bei dem Bauvorhaben eine gewisse Planungsänderung vorstellen.«

Peter stutzte. »Und welche?«

»Sofern keine juristischen Gründe dagegensprechen, böte sich die spektakuläre Barrakuda-Höhle und daran anknüpfend auch das Tangury-Haus doch als ideales Museums-Ensemble an. Eine publikumswirksame Attraktion, die in das Zentrum integriert werden könnte.«

»Coole Idee«, befand Alyssa. »So hätte dieser ganze Fisch-Spuk letztlich doch etwas Gutes.«

»Dem Protest der Fans hätte man dann jedenfalls den Wind aus den Segeln genommen«, ergänzte Bob. »Sie müssten ja nicht mehr demonstrieren, weil das Haus erhalten bliebe.«

Stirnrunzelnd blickte Peter zum Bauzaun hinüber. »Und vielleicht geht ja manchen von ihnen ein Licht auf, wenn sie unten in der Höhle den ›wahren‹ Barrakuda sehen, von Tangurys Aufzeichnungen erfahren oder in der Zeitung lesen, dass der angeblich zurückgekehrte Meister-Magier bloß ein maskierter Zirkusartist war.«

Justus klopfte seinem Freund auf die Schulter. »So möge es sein …«

Während der Erste und Zweite Detektiv sich nach herzlicher Verabschiedung mit dem MG auf den Rückweg nach Rocky Beach machten, blieb Bob noch vor Ort in Burbank, um Alyssa mit seinem Käfer zurück nach Hause zu bringen. Vor dem Grundstück ihrer Eltern angekommen blickten die beiden einander nach dem Aussteigen an.

»Jetzt heißt es Abschied nehmen«, stellte Alyssa fest.

»Aber nicht, bevor du deinen Teil unserer Abmachung erfüllt hast«, entgegnete Bob mit einem Funkeln in den Augen. »*Was* war damals in dem knurrenden Umzugskarton, in den ich meinen Arm reinstecken musste?«

»Stimmt, wir hatten ja einen Deal!«, erinnerte sich Alyssa. »Dann wollen wir das Geheimnis mal lüften.« Sie machte eine kleine Kunstpause. »*Aaalso*, das im Karton war … Jerry.«

»Jerry.« Bob rollte mit den Augen. »Das soll jetzt aber nicht ernsthaft die Antwort sein.«

»Wieso? Ist doch ein schöner Name.« Es folgte ein belustigtes Glucksen. »Aber Spaß beiseite: Jerry ist ein frecher und manchmal ziemlich unberechenbarer Binturong.«

Bob legte irritiert den Kopf schief. »Bintu-was?«

»Klingt ziemlich seltsam, nicht wahr?« Alyssa grinste breit.

»Aber ein waschechter Meisterdetektiv wie du wird bestimmt auch dieses letzte Rätsel lösen.« Kurz trat sie so dicht an Bob heran, dass er ihren Himbeer-Duft wahrnahm, obwohl sie ausnahmsweise gar keinen Kaugummi im Mund hatte. »Erinnerst du dich noch daran, dass ich dir bei unserer ersten Begegnung sagte, du hättest das weiße Licht in dir?«

Verdutzt blinzelte der dritte Detektiv. »Äh … ja.«

Alyssa tippte ihm sanft auf die Brust. »Es ist genau hier. In deinem Herzen.« Nun beugte sie sich vor und hauchte ihm einen Kuss auf die Wange. »Bewahre es dir, Bobo.«

Dann wandte sie sich um und ging, während im perplexen dritten Detektiv die unterschiedlichsten Gefühle hochwallten.

Als das seltsame Mädchen durch die Tür ins Haus trat und aus seinem Blickfeld verschwand, stieg in Bob die Ahnung auf, dass dies nicht seine letzte Begegnung mit Alyssa gewesen war. Und mit diesem Gedanken konnte er sich doch ziemlich gut anfreunden.